觉林集

◉吴泓奇 著

作家出版社

中华神韵凝成诗

—序吴泓奇《觉林集》

丁国成

诗如其人，知人论诗；欲论其诗，先知其人。《觉林集》作者吴泓奇是位与众不同的独特诗人。他曾留学新加坡和斯里兰卡，学习南传佛教，攻读中国《易经》，成了一位造诣深厚的佛学高僧；他钻研佛教建筑，融会中西文化，造就一位誉满欧洲的建筑大师；他喜爱中国书法，精研书法艺术，遂成一位书风不凡的书法艺术家……他极其热爱中华文化，尤其是对传统文化的三大支柱儒、道、佛三家，更是情有独钟，悉心研习，热心弘扬，乃至不遗余力。

吴泓奇先生的惊世之作，便是他参与策划和亲自设计的匈牙利布达佩斯的"亚洲中心"。这座宏伟的建筑，被欧洲建筑同行誉为"黄河文化与多瑙河文化的完美融合"，是对中华文化和东方神韵的形象阐释，堪称富有中华神韵的立体诗篇。诗人有诗

觉林集

《拔地》写道："拔地天坑绿叶魂，遥看巧匠趣林园。建成揽月华商厦，疑是欧洲武陵源。""亚洲中心"形似一枚绿叶，拔地而起，巍峨壮观，设计师吴泓奇有意蕴扬中华文化，专供旅欧华商使用。他的诗很少用典，偶尔一用，即能恰到好处。"武陵源"典出晋代陶渊明的《桃花源诗并记》：武陵渔人沿溪捕鱼，忽逢一处桃花林，"芳草鲜美，落英缤纷"，林尽水源，别有洞天，"童孺纵行乐，班白欢游诣"；后指无限美好的理想境界。

"亚洲中心"便是设计师兼诗人吴泓奇为华商营造的、可以在这里追求幸福的一方宝地和世外桃源。诗人关爱旅欧华商、弘扬中华文化的爱国豪情溢于字里行间。在《奠基》一诗中，诗人已经预见："天开化宇鸿基立，瑞相甘霖威远邦。"果然不出其所料："亚洲中心"一建成，就被欧洲建筑设计界誉为"华人建筑师的里程碑"，吴泓奇因而声名鹊起、誉满欧洲，并被著名的奥地利兰格尔设计财团聘为总顾问，还被选为欧洲阴阳文化总会主席等重要职位，足见其被国际社会的重视程度。

然而，正当他事业兴隆，达于巅峰之际，吴泓奇却做出了出乎意料的惊人之举：毅然决然地功成身退、回国发展！借用晋代张协的《咏史》诗句说："达人知止足，遗荣忽如无。"只是他的"遗荣"，不是先人传留的，而是自己创造的。他回到故乡福建泉州，一面继续"潜修传统文化"（《后记》），一面直接效力父老乡亲、报效中华民族。同时，他要让"轻狂往事随风去，日日山翁载舞歌"（《采访》）。"轻狂"是诗人的自谦之词。他在欧洲为伟大祖国争得了荣誉，为弘扬传统文化作出了贡献，非但不是"轻狂"，反而倒是庄重，是谨言慎行的郑重其事，是

严肃认真的孜孜以求。如今，他以"山翁"自命，以"舞歌"自任，就是要更多地修身养性，啸傲山林，狂歌度日，即宋代李纲《望江南》所谓"满眼生涯千顷浪，放怀乐事一声欢"。事实上，吴泓奇已不止于"一声欢"；其诗词恰如万斛源泉，正在滔滔汩汩，不择地而涌出。可以说，诗集《觉林集》犹如他在家乡建造的一座"亚洲中心"——是他用心灵设计、用激情筑起的诗的大厦！

中华民族五千年的古老文化博大精深，后有传承，代有发展，因而能够绵延不绝。通过多年"潜修"的耳濡目染，历经不断实践的身体力行，中华文化的神韵已经潜移默化到诗人的心灵深处，融会贯通入他的激情之中。他的诗作，随处闪耀着中华文化的光辉。

2008年5月，四川发生特大汶川地震，举世震惊，全国驰援。诗人虽在泉州永春牛姆林深山避暑，却也按捺不住关切灾民、心怀邦国的激动心情，挥笔写了《地震》一诗：

无情地动白云蒙，夜雨江天遗恨空。
多难兴邦心似水，松风竹月万方同。

——戊子夏感时诗

作品表明：面对地震灾难，人类无能为力；纵然怨天尤人，也是空的，无济于事。但是，在一定条件下，坏事也会变成好事：多难可以兴邦，殷忧能够启圣。地震摧毁了家园，却摧毁不了精神，反倒激发了中华民族的博爱情怀：一处有难，八方救

援。诗人因此而复归于平静，进而推己及人，由衷祝愿并且深信"万方"百姓定然会同自己一样，安享"松风竹月"一般的平静而又美好的祥和生活。

再如《惊蛰》：

> 一夜风云料峭寒，新雷梦觉万民安！
> 山河日暖披绮绣，随处春花应尽欢！
>
> ——辛卯惊蛰觉林有感诗

"惊蛰"是农历二十四节气之一，即将冬去春来。虽尚春寒料峭，便已春雷萌动，预示着一年农事的风调雨顺、万民安康。诗人由于日有所思，经常胸怀祖国、心念"万民"，故而夜有所梦，想到"山河日暖"、"春花"竞放，不禁为之欢欣鼓舞。作品表达了诗人情系苍生、与民同乐的高尚情怀。

这类诗作，尽管在《觉林集》中并不多见，却反映了诗人忧民之所忧、乐民之所乐的宽广胸怀，透露出诗人爱国爱民、以人为本的仁爱思想，烙有儒家人本主义的深深印痕。

与此同时，诗人也深情向往"闲散身无事，风光独自游"（唐·鱼玄机《遣怀》）。在现实生活中，他已寻觅到了"闲身自有闲消处，黄叶清风蝉一林"（唐·齐己《遣怀》）。请读《归牧》：

> 杖笠悠然曲径间，林深笑语夕阳山。
> 农人谑戏如归牧，但愿诗情日日闲。
>
> ——己丑夏月山中归牧诗

　　诗人放弃在欧洲取得的令人钦羡的突出成就，毅然回到泉州，选择永春牛姆林，固然意在家乡创业，以便报效祖国，同时也有回归自然、修身养性的良苦用心。正如诗人所言，他要"梳理思想，静养、践行心灵化生活"；"本诗集也正是撷录这种简淡生活及游山耕读的一些感悟片断"（《后记》）。诗人戴笠执杖，悠然自得，漫步山间小路，真如归牧一般。"但愿诗情日日闲"，这是诗人一以贯之的心灵追求。因为诗人身上还有不少"野情"，需要消除。"野情"即难以驯服、追逐世俗的狂野之情。诗人"但愿野情"有所收敛，在与自然融合中，远离世俗，归隐山林，犹如孤云野鹤，达到唐代张籍所谓"林下无拘束，闲行放性灵"（《和左司元郎中秋居十首》）。

　　诗人还有《天体》一诗：

　　　　细雨霞光逐玉津，返婴自在幻中真。
　　　　浮岚暖翠溪山合，长作天然不染尘。
　　　　　　　　　　　　　——辛卯夏牛姆林裸游诗

　　作品写诗人"裸游"山林，身在自然之中，深切感悟人生。他认为，人应"返婴"，也就是返回婴儿的纯真，了无俗性，与山岚溪流等的自然世界融为一体，"长作天然不染尘"，达到"天人合一"，不染俗尘。《乐猴》诗中也说："深山野谷乐猿频，晃荡飞腾自在身。万古长空天地寓，神舒意畅本归真。"表面是写自在猿猴，实际是写人生体悟。诗人一再强调"真"字，大有深意存焉。"真"即《庄子·秋水》所言："无以人灭天，

无以故灭命，无以得殉名。谨守而勿失，是谓反其真。"意思是说："不用人为去毁灭天然的东西，不用造作去毁灭性命，不因贪得去求名声。谨慎地持守着这些道理而不丧失，这就叫返回本真。"（金吕海主编战国庄周著《庄子》）"返婴"就是返璞归真，一要回归纯真本性，二要回归世界本原、即自然。人生要像"裸游"、"乐猴"那样，不染丝毫世俗，抛弃一切烦恼，真同自然合而为一。

显然，诗中反映出了诗人具有崇尚自然天性、追求"天人合一"的道家的自然主义倾向。

不仅如此，诗人还对佛学深有研究。佛学思想蕴含在他的诗中，便是顺理成章的事了。请看《空谷》：

> 空谷来风野寺留，山川草木自风流。
> 生涯妙悟云烟梦，感念心澄物外游。
>
> ——庚寅夏觉林偶感诗

佛学讲究修身养性。而养性重在修心。禅宗认为，心即是佛，佛即是心，求得心成，便是佛到。诗人在野寺风景中，"妙悟"人生、"感念"佛理。他认为，人生百年，不过是过眼云烟，如梦如幻，荣枯哀乐，一归于空。亦即唐人所说："死生俱是梦，哀乐讵关身。"（耿沣《春日游慈恩寺寄畅当》）"有为皆是幻，何事不成空。"（吉逾《题云居上寺》）因而诗人要使自己排除俗思杂念、尘世纷扰，做到心如潭澄、畅游物外。惟其如此，方能求得人生乐趣、自在风流，所谓"身心尘外远，岁月坐中长"（唐·崔

峒《题崇福寺禅院》)、"荣枯事过都成梦，忧喜心忘便是禅"
(唐·白居易《寄李相公崔侍郎钱舍人》)。

再如《秋分》写出诗人超脱俗尘纷扰、坐享世外清静：

问道深山远世纷，频频叶落欲秋分。
晴空野谷音清响，背向斜阳坐看云。

——辛卯秋分觉林诗

诗人"问道深山"，希望远"离世纷"、不近权贵，但愿
"布衣终身乐，粗茶一世康"(《后记》)，也就是唐人郑谷诗
中说的："谁知野性真天性，不扣权门扣道门。"(《自遣》)
"问道"为学道，求道便得道，因为"睫在眼前常不见，道非
身外更何求"(唐·杜牧《登池州九峰楼寄张祜》)。实际上，
求道于人，莫如求道于己。这里的"道"，大概主要是指立人之
道。诗人的立人之道，固然在于仁义道德，更在他所悟出的"远
世纷"、避是非、躲喧嚣、求心静。恰如唐人岑参所言："必
将流水同清静，身与浮云无是非。"(《太白湖僧歌》)诗人注
重自我的心灵修炼："灵光佛古行人断，但念松风不羡仙。"
(《云台》)这同中国佛学主张内心的探索与提升、以求人生的
解脱和普度，可谓灵犀相通，并无二致。

总而言之，吴泓奇先生创业的轰轰烈烈与修身的清清静静迥
然不同，乃至完全相反。但是两者相辅相成，用诗人的话说，叫
做"物化生活之外，还有心灵化的生活"(《后记》)——养性
山水间，寄怀诗作中。他的诗里弥漫着儒、道、佛中国三大传统

觉林集

文化的思想精华，并且经过诗人自觉的现代转化与灵活运用。

《觉林集》还有一个突出的艺术特色：诗书结合。这也是中国传统文化的一种表现形式。我不懂诗书，不敢妄言；但都喜爱，聊谈浅见。我国自古就有"诗是心声"（清·叶燮《原诗》）、"书"为"心画"（汉·扬雄《法言·问神》）的说法。宋代张戒《岁寒堂诗话》说："诗文字画，大抵从胸臆中出。"诗人吴泓奇写诗、作书，都是为着抒发性灵、表达情意，只不过借助于不同艺术手段而已。他的诗作与他的书法互相渗透、互相启迪、互相感悟、彼此促进。他的诗作，为他的书法提供了更为丰富的创作灵感；他的书法，则使他的诗作展示了更多彩的艺术激情，可以说是诗书连通、相得益彰。古来能诗善书者屡见不鲜；而今诗书兼擅者寥若晨星。因而，《觉林集》亦诗亦书，诗书皆佳，实在难得，殊为不易！

2012年3月18日于北京

作者为当代著名诗歌评论家，中国作协全委会名誉委员，《诗刊》编委、原副主编，中华诗词学会顾问，《中华诗词》常务副主编，《诗国》主编。

觉林集

◉ 目录

觉林集

觉林集

閑韻新移野趣花松雲石影夕陽

郭上五溪綠峰窗前多雨宿

桃源幫翠家

丁亥秋月牛白林 宇鏡詩書

夜 宿

闽韵新街野趣花，
松云石影夕阳斜。
香溪绿岸窗前秀，
夜宿桃源翡翠家。

——丁亥秋牛姆林诗

在弥漫着闽南风韵的小街上，处处是鲜花，野趣相映。夕阳西下，奇松、云海、异石都被拉长了身影。站在窗前，但看小溪两岸一片绿色，春意盎然，这景色如同翡翠，夜晚就住宿在这世外桃源吧。

诗人在初秋游牛姆林时，在住所的窗前看到山中的美景，而作此诗。首句"闽韵"就给人无限的想象。闽韵是极具传统文化内涵的概念，已经成为可以代表闽南特色的"文化名片"。小街，也道出闽南的文化历史，很有渊源。在这样文化气息浓厚的小街之中游走，多有情趣啊。第二句写景，古松，云雾，奇石，夕阳，这个组合正是一幅绝美的画卷啊。诗人在傍晚时分，倚窗而望，松云石影，陶醉其中，心情无比舒畅。第三句写绿溪两岸，秀色宜人。第四句写了诗人入住的寓所，能将窗外青翠欲滴的景色尽收眼底，而永春古有小桃源之美誉，名不虚传。

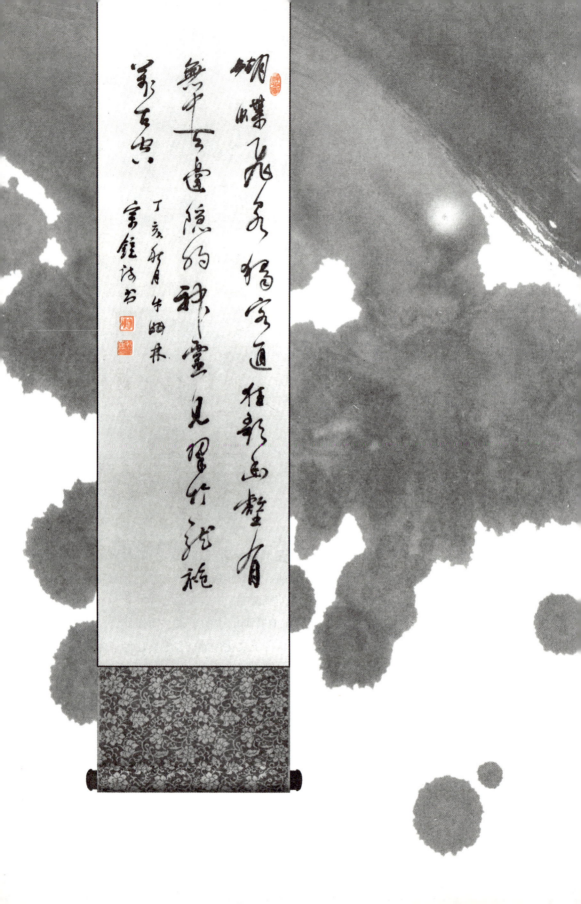

蝴蝶飞来稿守逢
相亲弄墨看
无中生有隐的种
灵见跃行龙
蛇笔下来

丁亥新有午卧床
宇鍾诗书

听 泉

蝴蝶飞泉独客通，
狂歌幽壑有无中。
天边隐约神灵见，
翠竹龙袍万古空。

——丁亥秋蝴蝶泉吟诗

　　蝴蝶泉水从山顶飞泻而下，瀑前跌坐，似泉通身。在此美景中情不自禁地对山高歌，声音在沟壑中回荡，来来回回，似有似无。这样缥缈的境界让人感觉到天边隐约有神灵出现。然而古往今来，多少兴衰往事，不过是历史的尘埃。

　　这首诗是诗人在牛姆林的蝴蝶泉边观泉有感。第一句写蝴蝶泉的外观。蝴蝶泉，旁有景曰翠竹亭、龙袍石。而蝴蝶泉是在一条小路的尽头，从一块凸出的峭壁上飞流直下，虽不是壮阔的景观，但是这样小家碧玉的姿态，恰好与低调的牛姆林相得益彰。第二句由景生情，静谧的山林中见到一汪泉水，自在地飞越岩石，引得人想狂歌一曲。第三句是想象，这样的地方大约是只应该有神灵居住，泉水潺潺，歌声回荡，虚无缥缈。第四句是感慨，美景怡人，可以万古长存。但是古往今来，繁华如烟，一切终究不过是历史一瞬，到如今都灰飞烟灭。

青山隐隐北邙郷里超経梦
月静吹笙笙汇蕩異家軽神小妹
鬼神情　丁亥秋月于細林
宇鏡行书

观　日

南山缥缈北山明，
万里征程梦日情。
回首天涯为异客，
乾坤不寂鬼神清。

——丁亥秋白尖观日诗

　　登高望远，但见南边云雾缭绕，一派缥缈；北边阳光明媚，一派晴朗。在梦中醒来，犹记万里征程，依稀梦到年轻追日的豪情。回首走过的海角天涯，身在异乡，独为异客。但是即使如此，只要心中有梦想，就不会觉得寂寞。

　　本诗是诗人在牛姆林白尖观日出时所作。第一句是景色描写，写出南山与北山不同的景致。刘禹锡的《竹枝词》中写到"东边日出西边雨"，其实也是这样的一种景色。第二句写到诗人看到眼前的景象，想起自己曾经万里征程，远离家乡，对家乡的日出之景有着深深的眷恋。第三句是回忆自己在异国他乡闯荡多年的旅居生涯。第四句是整首诗的升华，借景言情，凌峰绝顶，千岩万转，孤身吊影，力登极目，遐思祈天，光耀宇内，神鬼分明。以此彰显自己的抱负。

月源清溪碧石明　中宵聽雨
濺溪音　多少水花生若結
飛泉漱玉晶

丁亥秋月　牛如林
宇鏡詩書

顽 石

月洒清溪顽石明，
中宵骤雨浊泥盲。
争知水死生苔藓，
烈日飞泉漾玉晶。

——丁亥秋顽石自况诗

月光倾洒下来，映得清溪中的顽石光洁明亮。但是到了午夜时分，风雨来袭，清澈溪流成了浑浊的泥淖。在一潭死水之中，苔藓不知不觉长出来，覆盖在石头上。只要烈日出来，映照飞泉，水花荡漾，顽石又如同碧玉般晶莹剔透了！

本诗写了秋日山中的顽石。第一句写晴朗的夜景，月洒清溪，溪水中的石头清晰可见。第二句转折，写午夜风雨骤起，月色消失，只剩一片泥淖。第三句写风雨侵扰了干净的溪水，浑浊而了无生气，掩盖了顽石。第四句写明媚的白天，转而谈烈日，第二天起来，云开雾散，阳光明媚，一切还是那么有生机，泉水依旧飞流直下，水花折射阳光，一切都恢复了动态的美。整首诗写作涵盖了四个场景，可谓一句一景，各不相同。但是整体又表现出一种"出淤泥而不染，濯清涟而不妖"的大气，只要太阳会出来，就能使一切变得明媚，还有什么好担心的呢？做人如顽石，亦如此。

時霽心羞五言夢覺於蘧然見逐

痴人忽焉倦捨雲積君敢是凡旨

妙絕倫

丁亥秋月半卌林

守鏡詩書

淘 石

时难心荒寻梦觉，
朝霞细雨逐溪人。
悠然偶拾灵根石，
最是凡间妙绝伦。

——丁亥秋逐溪淘石诗

当下心情寂寥，很想去寻找梦中的感觉。于是在清晨，一路逐溪而上。此时朝霞还未散去，细雨就飘了下来。悠然漫步于溪边，忽然发现一块奇石，恍若灵根。这样巧妙绝伦的际遇，正是人间最大的乐趣。

本诗表达了一种妙手偶得的乐趣。荒芜寂寥、百无聊赖之际，想起曾经的梦境，那就出门吧，去看看外面的景色。小溪是欢快而清流不息的，诗人一路追随，脚步轻快，因此"逐溪人"三个字，将诗人逐溪而行、童心未泯、乐意悠悠的姿态刻画得淋漓尽致。逐溪的过程中诗人写到忽然发现一块灵根一样的石头。灵根石，本是"灵台方寸山，斜月三星洞"的缩影。诗人用"灵根石"来比喻自己遇到的奇石，可见对它的喜爱之情。最后，诗人认为与奇石的不期而遇真是一件美妙的事情，顿时心旷神怡起来。本诗表达的主题是，幸福其实就在一念之间。哪怕看到一块石头，也能将阴霾一扫而空。很多美好的东西都不是刻意寻求来的，通常是在不经意之间才能偶遇。所以我们应当拥有一双发现美的眼睛，去充实自己美的心灵。

枯笔毫逸雲遠狀成象云蒼地志
独在山光水色青雲幻物象萬心
了悟明
丁亥秋月牛網林
富鐵作書

树　王

拔萃青云造化成，
承天落地忘然生。
山光水色皆虚幻，
物我无心了悟明。

——丁亥秋树王幽思诗

　　大树在山林中显得出类拔萃，耸入青云，仿佛是天地造化而成。顺其天时，深扎沃野，心无旁骛，忘然生长。山光水色原本皆是虚幻中的景象。顿时静悟，天地之间，万事万物都不可刻意规划，一切都是随缘而生。

　　本诗是诗人在牛姆林山中看到一株堪称"树王"的大树时的感悟。前两句都是称赞大树傲然山林。进而称颂"承天落地"，后两句写不为外景迷惑，"物我无心"，了悟真性。人常因一句话或者一处景而顿悟，诗人也就是在"树王"面前幽思，才得出这样的结论吧。大凡成王：物我无心，心无旁骛，顺从天然，扎根大地。

旭日浮雲曙色新霞光夢幻
中真煙銜靜水聲無息但覺江流
泉東去

丁亥秋月牛田作
寧巍書

戏 溪

旭日浮云曙色新，
霞光梦尽幻中真。
烟笼静水声无息，
但见江流万象春。

——丁亥冬深谷溪流诗

　　旭日东升，浮云散去，曙光初现。霞光映入眼帘，仿佛刚从梦中醒来，看到这番景色，亦幻亦真。只有云雾笼罩的水流，依旧在悄无声息地流淌，奔腾远方，滋润芳甸，万象回春。

　　这首诗是诗人在牛姆林过冬的时候，去山中山谷游玩，看到流水而作。前两句中的旭日、浮云、朝霞，这些都是易逝的景色，给人一种缥缈的感觉，不知道是在梦中还是在现实中。第三句写水流非常安静，因为冬日山中寒冷，水面上常有升华的水汽，一派烟笼寒水的感觉。第四句是展望，冬日的寒冷马上就要结束，在奔腾不息的江流中，感受到了春的力量。这首诗告诉我们，很多迷人的美景不过是昙花一现，绚烂之后，了无痕迹。只有水流，能给人"青山遮不住，毕竟东流去"的力量。同时，这首诗也体现出静水流深的人生哲理。霞光万道，洒落山涧，似扫万物，倏忽而逝，唯静水流，无息润化，宁静无华。

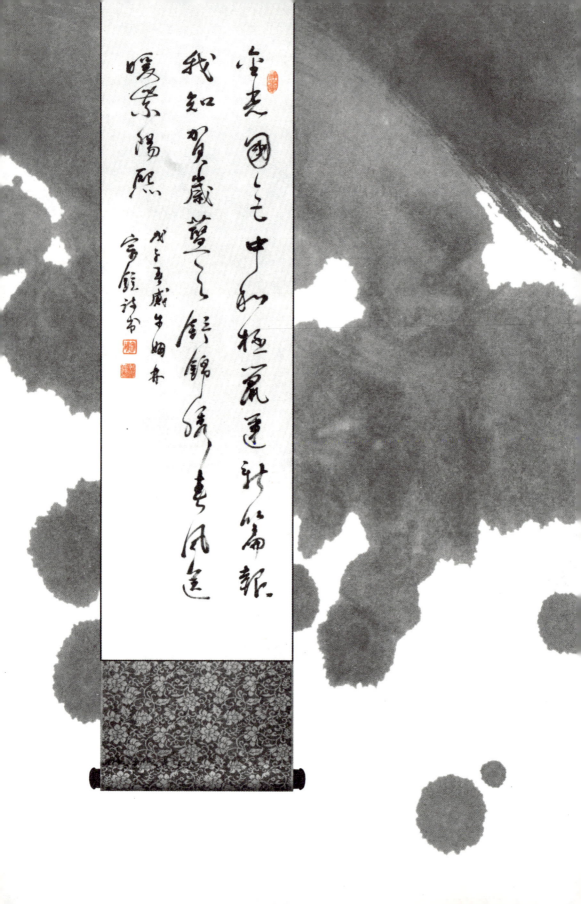

雪老國之中和極盛運計仍扁報
我知賀歲蕁之鈄錦緞喜風蓮
暖榮陽熙

戊子春歲午歸來
宗鎧詩書

春 感

金光国色中和极，
鼠运新篇报我知。
贺岁蓝天舒锦绣，
春风送暖紫阳熙。

——戊子春感

整个国家都沐浴在金光之中，显出一派瑞气融融的景象。鼠年来到，等待新的篇章即将揭开。蓝天好像是一幅舒展的锦绣，也在恭贺新年的到来。春风拂来，大地逐渐回暖，明媚的春光笼罩着大地。

这首诗是诗人在鼠年新春所作。整首诗都体现出一种乐观的态度，传达着诗人的喜悦之情。

野屋新城家，星墟
觉似却见六街尘，女
自在方

清风影树百灵

菩提春钟

戊子春月牛如林
宁锐诗书

乘 凤

野屋新城万里春，
清风岭树百花亲。
心和息下无尘妄，
暮鼓晨钟自在身。

——戊子春乘凤寮吟诗

　　无论是山野的房屋还是繁闹新城，万里江山处处春意盎然。清风徐来，但见山岭上百花盛开，点缀枝头。此刻心平气和，意无杂念。在晨钟暮鼓声中，自由自在地享受生活。

　　诗人在牛姆林乘凤寮闲游时作此诗。前两句描写春天来了，百花齐放，令人倍感亲切。第三句借景抒情，由于景色清新，心情也非常放松，自由地呼吸，妄尘息下。第四句继续接第三句来抒发情感，因为在自然中无欲无求，时时处处，尽是晨钟暮鼓，凡尘琐事都在九霄云外了。宁静野屋，喧嚣新城，息下妄念，当下清凉，"参禅何须山水地，灭却心头火亦凉"。

深山古木地无暑
长年共岭朝阳
为此羣生擎伞盖
仰扪霄汉显高寿
高乡

戊子秋月于细柳
宁馥谨书

古　木

深山古木地天王，
一任穿空傲烈阳。
为有群生擎伞盖，
仁心最是寿高乡。

——戊子春仁心古木诗

　　山林深处有一株古木，参天而立，为树中之王。古树在骄阳下傲然挺立。为众生遮阴避雨，就像一个巨大的伞盖。古树能有这样的牺牲精神，仁心仁义，当得高寿。

　　本诗借歌颂山中古树牺牲自我、幸福他人的精神，表达诗人具有奉献的思想。前两句是描写古树的外形，高大笔直，直指苍天。第三句用到比喻虚实手法，把古树比喻成伞盖，为万民庇护。第四句歌以咏志，赞颂古树的精神。诗人也希望自己具有古树精神，为苍生奉献自己的力量。

静含泉山僧远去高峰野趣自
千年新笋迎春出鸟发亭亭展
秋竹寸移秋

戊子春日生吧来
宝瑛诗书

树　话

静立深山悠远天，
寻常野趣百千年。
新芽逐意思争发，
寥落秋时了尽然。

——戊子春深山林话诗

　　静静地伫立在深山中，看到天际悠远，无边无尽。就是这样寻常的野外景象，横亘千年，不曾改变。春木竞相发芽，苗壮成长，欣欣向荣。但是到了秋天却会枯萎，一派寂寥。

　　诗人在山中看到春天万物复苏有感。前两句，诗人在深山静立，视野开阔，想到眼前的景色虽然看起来寻常，但是却经历了千百年的洗礼。后两句写春天万物生长，争奇斗艳，但是到了秋天都难逃凋零的命运。整首诗表达了一种"人事有代谢，往来成古今"的思想。既然时空永恒，生命短暂，成败都是暂时的。应当用长远的目光来看待身边的事物。自知者明，虚静延年。

祥松大樹卧潭中歷盡沙磨水

滌空木眼原心威象人生夢

似銀同

戊子夏月于蜀井
宝鏡詩書

螺　木

辞根大树卧溪中，
历尽沙磨水涤空。
木魄原心成万象，
人生去处化魂同。

——戊子夏松螺木魂诗

　　大树根已折断，横卧溪水之中。历尽水的冲刷和沙的打磨，如今已空得只剩一副躯干。树也有魂魄，化成万般之物。人生一世，无论活着的时候经历怎样的人生，化成魂魄时，难免殊途同归。参天大树，寿尽横溪。沙磨水裁，余螺状心，坚硬无比，莫疑转世，今生来世，莫过此矣。

　　本诗借树隐喻人生。首句当中，用"辞根"来写树干与树根已经分离，一个"辞"字，写出大树的灵性，生动形象，惟妙惟肖；用"卧溪"来写大树已经没有了任何生气，一个"卧"字，说明大树已不再具有当年高耸入云的姿态，轰然倒下之后，只能横卧溪水之中，无比无奈。第二句写大树失去根的庇护，经过风吹雨打，沙磨水涤，外象已空，只剩原心。第三句用拟人手法，原心魂魄，化象种种。第四句写到大树给人的启迪。人生一世也有许多梦想，生前的辉煌或落寞、富贵或贫穷，在辞世之后，都将如同幻影般破灭。人生应当珍惜当下，超越升华，化虚无为永恒。

竹色方新雨，经帘養芳牧，高亭观。

安意恣野趣，无拘束也。学林稼卿

自歡

戊子夏于姗林 宝镜诗书

童　心

竹屋方新曲径端，
晨光夜雨梦魂安。
童心野趣无拘束，
也学林猿聊自欢！

——戊子夏兰轩吟诗

　　竹屋矗立在曲折的小路的尽头。雨下了一夜，当晨光洒下来的时候，才发觉自己从梦中醒来。童心未泯，无拘无束地享受山野的乐趣。学林中的猿猴，享受自然，自娱自乐，乐得其所。

　　本诗写于牛姆林的赏兰轩修葺方新。第一句描写了赏兰轩的位置，位于一条曲折小路的尽头，周围是竹林，兰花点缀其中。第二句写到夜雨初停，晨光乍现，一夜惊魂梦，此刻才安定下来。第三句写心情，从梦中醒来看到美景，自然心旷神怡，一瞬间有种返老还童的感觉，一扫梦中阴霾，心情豁然开朗。第四句借猿猴的自在表达自己的向往，也想学学猿猴，自由攀援，随性啼叫，聊以自欢！

無情地動无雲蒙敗高遠遠限
尘多雜興那心似水松風竹月
系方同
戊子夏月生细林
宇颜诗书

地 震

无情地动白云蒙，
夜雨江天遗恨空。
多难兴邦心似水，
松风竹月万方同。

——戊子夏感时诗

地震来时，只见地动山摇，白云蒙蒙，遮天蔽日，大自然仿佛不通人情。夜雨袭来，江水滔滔，多少遗恨都来不及弥补啊。遥忆蜀川，地动人亡。想到国家如此多灾多难，又屡次在灾难中兴盛起来，不禁心若止水。此间松风阵阵，竹月相对，但愿处处都能有这般安宁。

这首诗是诗人于2008年汶川地震期间，在牛姆林避暑时所作。虽在深山，心系天下。首句写地震的无情。第二句写面对灾难时人类的束手无策。第三句转折，多难兴邦，灾难破坏了物质世界，却摧毁不了人们精神世界，而且还增强了人们的凝聚力和向心力。想到这一层，诗人感悟到，面对灾难，我们应该化悲痛为力量。于是心平气和，心静如水。因此，最后一句，诗人能够在宁静祥和的深山享受自然之美，却不忘记关注天下是否太平，有"先天下之忧而忧，后天下之乐而乐"的高尚情怀。整首诗表达了诗人希望世人能不畏艰险，开拓进取，创造更加美好生活的愿望！

翩跹起舞月沉西
迢递遥情曲栏木
世间题

戊子新月生细林
宇铿诗书

舞　魂

翩跹起舞月沉西，
旋转丰肌玉影迷。
造意情由松檗木，
含羞秀媚世间题。

——戊子秋螺木舞魂诗

　　松螺木在月下姿态各异，仿佛翩跹起舞的少女，转眼夜深，月已西沉。那旋转的倩影，丰腴之身，令人为之倾倒。松螺木造化弄情，风情万种。如此含羞，却秀出千娇百媚，这样的娇羞，真是世间罕见。

　　本诗是歌颂牛姆林山中松螺木的诗。整首诗采用拟人的手法来描写。首句"月沉西"，点明已是下半夜，明月西沉。"翩跹起舞"，写出松螺木婀娜多姿的身影，独有外形，如此灵动，恍若起舞。第二句继续刻画松螺木的姿态，用"丰肌玉影"这样描写美人的词来描写螺木纹理，不仅写出了美，也使得原本静态的活了起来，跃然纸上。"迷"字表明诗人沉醉于欣赏千姿百态的舞姿之中。后两句写松螺木虽自有情意，千娇百媚，但是常年在深山之中，孤芳自赏，羞于向世人展示。正所谓藏在深山无人识。

卧听萧萧树影低　夢随遠道

夢随遠道言官芳塘　至然遠日月

楼臺物永齊

戊子新月于西林

宁鏡詩書

梦 幻

夜静兰阶树影低，
星摇诡笑梦魂迷。
良宵苦短天悠远，
日月精灵物我齐。

——戊子秋兰轩梦幻诗

深夜寂静，幽兰绕阶，树影低斜。躺在吊床上轻轻摇晃，透过稀疏斑驳树影，看着满天繁星一起晃动起来，半睡半醒间，仿佛看到天空在笑。但是良宵苦短，时光飞逝，天际悠远。唯有日月相交，阴阳相济，才能体会到自然的奥秘。

这首诗是诗人在深秋夜晚，躺在山中小院里的吊床上，看夜空的感慨。第一句写景色，深夜的小院里，可以见到处处是树影，周围有兰香，缠绕着台阶。第二句是想象与拟人的结合。在晃动的吊床上看起来，好像满天繁星在摇晃，让人情迷意乱，梦境和现实之间，难辨真假，反而觉得是天空发出了诡异的笑。第三句是感慨，感慨浮生若梦，良宵苦短，时光易逝，并不在人的掌控之中。第四句写出了人性的感悟，阴阳平衡，才是自然法则。

峡谷银屏奥邃甜
雨风片飞目之云
岚钟隐影树流光
白茫寞峙山
偶蔚蓝

戊子秋月于山林
宗臻诗书

奥 运

峡谷银屏奥运酣，
西风片雨夕云岚。
斜阳影树流光白，
落寞秋山偶蔚蓝。

——戊子兰轩秋夜诗

　　虽在山崖峡谷之中，却想到此时银屏之上，奥运会正在如火如荼地展开。西风吹来，小雨落下，傍晚时分，云雾渐渐散开。夕阳拉长了树的影子，阳光穿过树林洒下来。在这寂寞的秋山里，天边偶尔露出一丝蔚蓝。

　　这首诗写于2008年北京奥运会期间，那时诗人正在牛姆林山中。首句"奥运酣"，点明这首诗的写作背景，一个"酣"字，足以说明奥运会的激烈程度。但是诗人却没有亲临现场，只是在远方遥想。第二句写现实，夏秋季节多阵雨，阵雨过后，天色渐晚。第三句写目之所及的景色，夕阳，树影，暗示似水流年，匆匆而过。最后一句，之前的"奥运酣"反衬此时山中的落寞。表现了诗人虽在深山，依然关心国事的情怀。

细雨孤山庭草轻柔风情各自秋

稍峰飞瀑舞青云鱼动笑语

梅泉寄此生

戊子新午烟林

富顺作书

秋 耕

细雨空山落叶轻，
斜风峡谷自秋耕。
蜂飞蝶舞兰香动，
笑语林泉寄此生。

——戊子兰轩秋耕诗

　　秋天已经到来，细雨蒙蒙，落叶飘飘。山谷中凉风习习，农夫还在忙着秋耕。蜜蜂和蝴蝶也在翩然起舞，兰花散发出的清香在空气中浮动。真希望能够在林中山泉边度过此生，欢声笑语，与天同乐。

　　本诗描写了一次秋耕。兰轩，即牛姆林中的赏兰轩。诗人在兰轩旁的土地上忙秋耕。诗本来就是源于生活的艺术，诗人秋耕，原本就是一幅很有诗意的美图。本诗第一句写秋耕的背景，下着小雨，秋风落叶。第二句点明诗人秋耕的景象，在峡谷中，斜风细雨，既透出凉意，也不影响耕作，更有一番风韵。第三句写蜂飞蝶舞，兰香飘逸，诗人忙里偷闲，劳作也不忘欣赏身旁景色。第四句，诗人由衷感慨，在美景中耕作，心旷神怡，不觉劳苦，希望余生临泉而居，与山为伴，不枉此生。

煙如龍

樹老猶霏霧

好烏如何樹雲生岫拖

曉似籠飛

崧竹韻古如歸

戊子九之月牛如林

寶銓許書

冬　雨

烟笼岭树卷纷霏，
霹雳朝曦似箭飞。
好雨知时云出岫，
松涛竹韵忘如归！

——戊子冬晨好雨诗

冬日的清晨，寒烟笼罩着山上的树，雾霭沉沉。霹雳划过晨曦，像箭一般迅速。云从山间飘然而至，看来雨也知道这是个美妙的季节。山中响起松竹被风拂过的韵律，这番美景实在让人流连忘返啊！

本诗是诗人在冬日的清晨观山雨而作。前两句描写冬日山雨来临时，烟雨蒙蒙，曦光似箭。人们经常歌颂春雨的美，其实冬雨也有冬雨的情趣。它体现出南方的冬的婉约，冷的亲切。第三句写到云出岫，雨开始欢畅地落下。本诗的"好雨知时"借用杜甫《春夜喜雨》中的"好雨知时节"一句，本诗描写冬雨，巧妙借用。第四句，联想到雨声、松涛、竹韵，就像一曲协奏曲，回荡在山林，让人沉浸其中，不忍离去。充分写出了诗人的陶醉之情。

風光人日不如舊
熟勸五風十雨千家樂年年見
明朝不煙

己丑歲首牛女姆林
寶鏡詩書

春　感

鼠去人间别有天，
牛勤春早百愁蠲。
五风十雨千家乐，
水秀山明万户烟。

——己丑春感

鼠年已尽，人间迎来新气象。牛年早春已至，辛勤耕作，千愁散尽。风调雨顺，千家万户因为新春到来而感到快乐。但看大地，山清水秀，处处炊烟袅袅。

本诗是辞旧迎新之作，诗作之中处处体现出对于新年的期望。新的一年，生活还是依旧在继续，山清水秀之间，炊烟升起。这首诗总体来说表现了积极向上的主题，乐观而平淡的生活，才应该是人所追求的真正幸福的内涵。

杖藜徐步越曲径
间林深笑语夕阳
山农人谁我如归
牧呬愿辞情
日闲
宁镜诗书

己丑夏月朱陶林

归 牧

杖笠悠然曲径间，
林深笑语夕阳山。
农人谑戏如归牧，
但愿诗情日日闲。

——己丑夏月山中归牧诗

　　头戴斗笠，手执竹杖，悠然地行走在崎岖的山间小路上。天色渐晚，夕
阳西沉，遍山尽染，林深衬静，笑语清响。途中偶遇农夫，农夫看到晚归的诗
人如此装扮，如此悠哉，反而笑说诗人好像是放牧归来一般。诗人心中一颤：
身似牧归，心却狂野。惟愿身心都能清闲，每日都能在此山林中享受山野之
美。

　　诗人在永春牛姆林居住期间，常常独自一人走在山中的小路上。诗人写
此诗时，正是一次独自在山中游玩之后的感慨。一人游山，少了言语，多了情
趣。面对大自然其实什么语言都是多余的，独自享受空谷幽静的安然，享受曲
径通幽的奇妙。诗人具有这般与自然交流的情怀，才能在与自然的对话中获得
心灵的安慰。被真正的农人戏谑为牧归，却使诗人心中不安。因为在悠闲的外
表下，却是奔腾不息的内心。诗人本意身心都能与山林融为一体。在这般山林
中修行，远离尘嚣，自我升华，才是诗人真正的追求。本诗表达了诗人对自然
的崇尚、对自由的向往。通过借农人的评论，映衬自己的情愿归隐山林，真
正地做一农夫，天天得此闲情逸致的理想。

響箸洞蟬鳴　遠近共平林靄寞
谷山中　晨曦露々儒閑日昏
見鉋樣上樹東

己丑盛夏牛鮑林
寧鎮詩書

待 日

响涧蝉鸣远近空，
平林落寞谷山中。
晨曦霭霭偷闲日，
瞥见欢猿上树东。

——己丑夏晨待日诗

　　山中有溪，涓涓流水，远远地就能听到哗哗的水流声；林中有蝉，阵阵嘶鸣，远远地就能听到刺耳的蝉鸣。一旦走近，站在小溪边或者树林边，反而异常安静，水声与蝉鸣瞬间消失，整个山林寂寞地矗立在山谷中。虽是清晨，雾霭遮天，不见阳光，心烦意乱，看来太阳偶尔也想偷懒。忽然抬头看见猿猴爬到树梢，面对东方欢呼雀跃，想必是猴儿们看到太阳从云中露出一角才如此高兴吧。

　　本诗前两句描写了"响涧"和"蝉鸣"，与"草色遥看近却无"有着异曲同工之妙，体现了中国传统哲学中"有无相生"的思想。联想到人生中也是如此，当局者迷、旁观者清的示例屡见不鲜，跳出事外，才能有宏观的判断。正所谓"不识庐山真面目，只缘身在此山中"。同时，这也是很好的动静结合的描写手法。唐代诗人王维写"蝉噪林逾静"，用"蝉噪"衬托"林静"，本诗用"响涧蝉鸣"衬托"平林落寞"。第三句用拟人手法，写到太阳似乎要偷懒，天阴沉沉的，使得人心情烦躁。但是第四句笔锋一转，一个"瞥"字，写出诗人在无意中看到猿猴上树，表达自己盼望日出的心理。本诗前半部分表现了诗人对自然现象认真细致的观察，后半部分折射出诗人颇解猿猴情趣的浪漫情怀。看出诗人既具理性，随处思考世间万物的哲理；又不乏感性，时时体会世间万物的美妙。

游鱼忘水夕阳低
莽道林禽择木
栖自在安然
山居无事衣食
人间岁月
两无稽

乙丑秋月牛翁书
宝铭

观 鱼

游鱼忘水夕阳低，
莫道林禽择木栖。
自在安然山色里，
人间岁月本无稽。

——己丑秋夕阳观鱼诗

羡慕水中的鱼儿忘情地遨游，不觉已是夕阳西沉。更别说林中的鸟儿欢快栖息。在这安然山色里，人间的岁月本来就是无始无终的，要如鱼和鸟一样自在地享受大自然的恩赐。

本诗是诗人于秋天的傍晚在牛姆林观孩童戏鱼时所作，夕照池鱼，孩童嬉闹，顿有所悟。以物言志。第一句写到鱼儿在水里游泳，自由自在，看得让人羡慕，忘记时间。第二句写鸟儿，鸟儿能够自由自在林中而栖，幸福归宿。前两句为后两句做了铺垫。在这样安然的山色里，应如鱼不知水，鸟莫识林，童能忘我，人若把自己抛进山里，融入山色，合而为一，则自在悠矣，岁月无期。

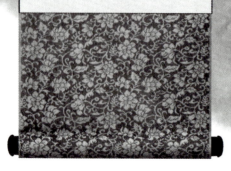

敷色雲峰靜
墨中久違籃月
白練来北山
起上南山淨眾影沈
清照昌焉

己丑秋月
宇鏡詩書

望 月

夜色云峰静墨中，
久违羞月自徐东。
北山瑟瑟南山净，
万影澄清眼界空。

——己丑秋山中望月诗

　　夜色弥漫，云在山峰缭绕，就像一幅静默的山水画。很久未谋面的月亮从东方缓缓升起，若隐若现，很害羞的模样。月光的映照下，山的一边萧瑟，另一边却很澄净。及至深时，皓月当空，万物澄清，纤毫朗朗，眼界空阔。

　　此诗写于秋天的夜晚，是诗人在牛姆林山中观月时所作。首句写景，月色微明，薄云出岫，俨然一幅水墨山水。第二句写月出，用拟人的手法，描绘一轮羞月"犹抱琵琶半遮面"，徐徐东升，然还在山的背面并没有完全升起，月光只能照耀到山的一部分，所以引出第三句，"北山瑟瑟南山净"。诗人完全陶醉在这样的景色里，最后一句顺理成章地升华，自己的境界提升了，眼界开阔了，心情宁静，万物祥和。

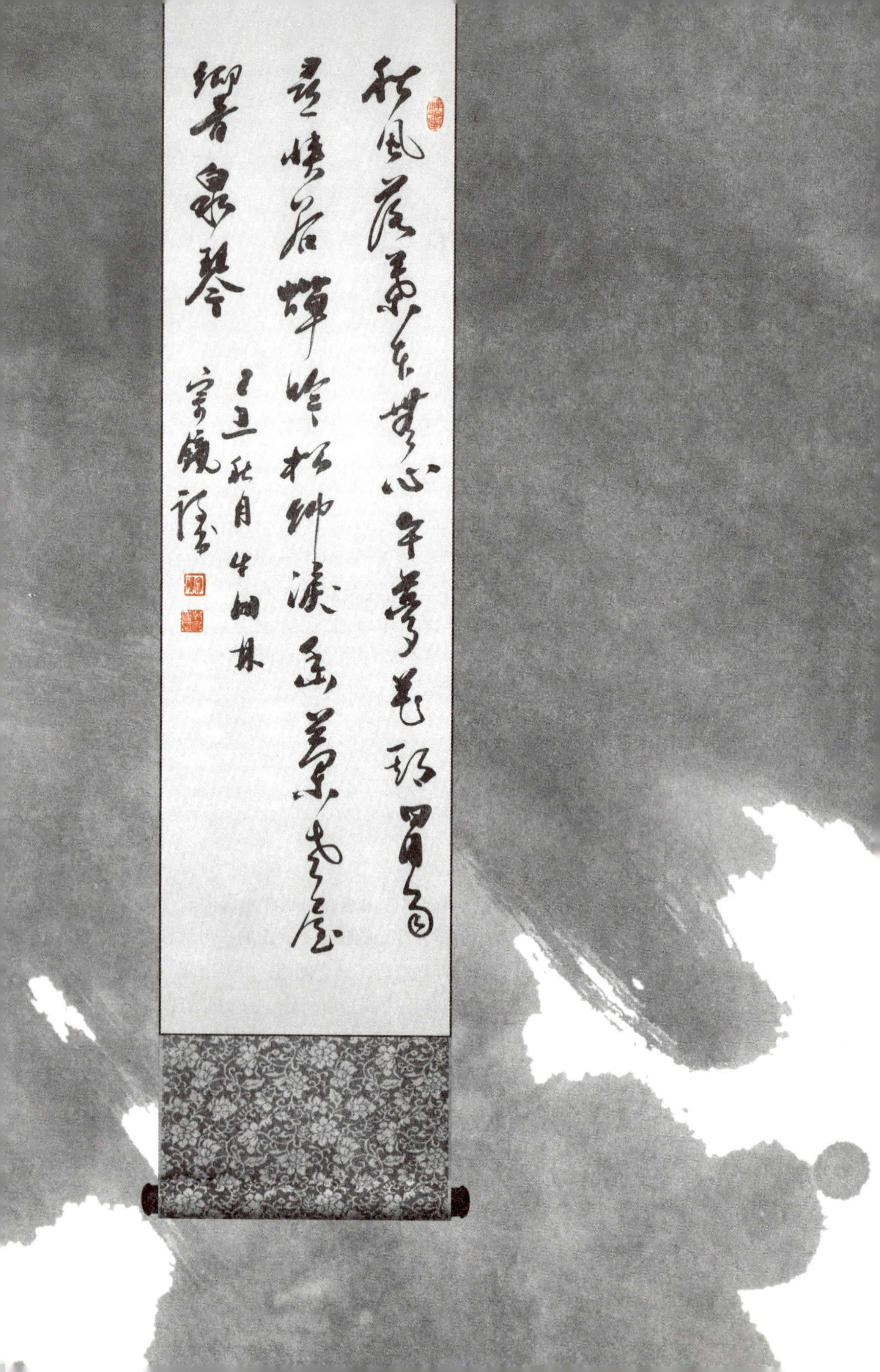

和风庭�心午梦花锅置石
若情石弹吟松绅溪鱼莱春衣屑
鄉者泉琴
寄镜隆
乙迶秋月牛地林

听 雨

秋风落叶本无心，
午梦花期冒雨寻。
峡谷蝉吟松竹泪，
幽兰老屋响泉琴。

——己丑秋兰轩听雨诗

午憩时分，秋风拂拂，忽雨大作，落叶飘舞。梦中醒来，以为到了开花时节，跌跌撞撞地跑出去，冒着雨寻找花期。山谷中听到蝉在低声吟唱，松竹似乎也垂下眼泪。老屋旁幽兰朵朵，山泉叮咚，真像是琴弦在奏鸣。

这首诗是诗人在午时忽雨时有感而作。第一句用拟人手法写秋风与落叶，秋风无心，叶落频频，意兴自闲。第二句写诗人从梦中醒来，看到秋雨阑珊，想着梦里花落知多少。迷迷糊糊之中以为是到了春暖花开时节，一激动居然还没完全从梦中清醒就跑出了屋子。不禁宁愿冒雨去寻找山花，诗人仿佛变成了憨态可掬的老顽童。第三句也是用拟人手法写峡谷中的蝉和松竹，借蝉吟和松竹垂泪表现山谷在秋雨到来时的萧瑟。最后一句，又转向平静。老屋四周，幽兰奕奕，山泉淙淙，既像美图，又如天籁。

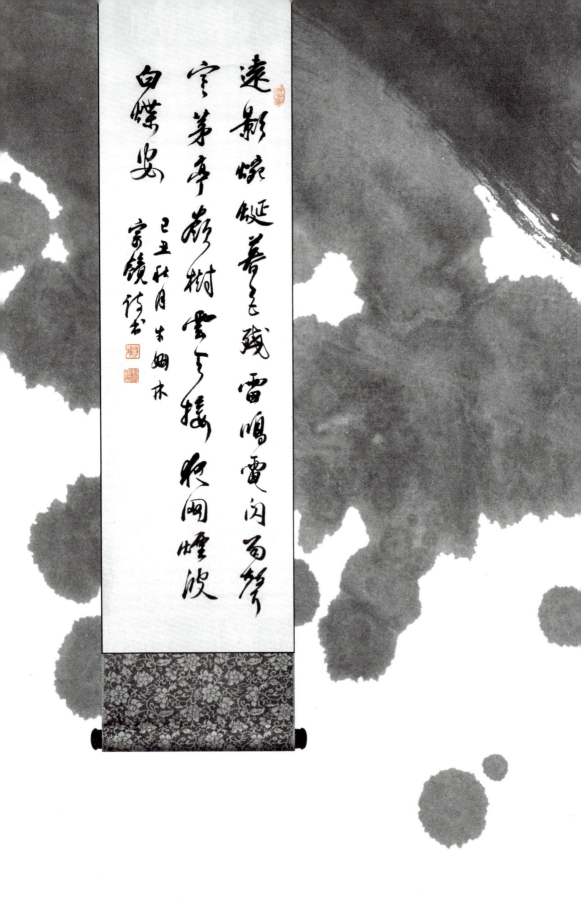

远影帘旌善尽残
雷鸣电闪复音铃
空茅亭檐树云飞翠
收倒垂波
白蝶安
己丑秋月朱细木
宇镇识

夜 雨

远影蜿蜒暮色残，
雷鸣电闪雨声寒。
茅亭岭树云天接，
夜网烟波白蝶安？

——己丑秋兰轩夜雨诗

　　远处景色在暮色的掩盖下显出蜿蜒曲折的轮廓。电闪雷鸣之中，雨滴应声而下，透着寒意。依稀可见茅草的亭子在山上，岭上的树高耸入云，云天相接。夜幕如网，烟波微茫，那些白色的蝴蝶何以寻找安身之处？

　　诗人在牛姆林兰轩偶遇夜雨，触景生情。前两句描写暮色降临，雨落天寒，电闪雷鸣。第三句描写暮雨景色。最后一句，诗人感到夜雨带来凉意，担忧兰轩周围的白蝴蝶，它们扑火般冒雨去追寻那转瞬即逝的光明，可是那是雨中闪电啊，它们如何能追寻得到呢？这首诗表现出诗人对万物皆有仁爱之心。体现出对生灵的关怀博爱之心，哪怕是在自己也被雨困住的时候，仍不忘记惦念蝴蝶的安危。

漢出嶺谷祟積頗見層巒綿互
左方眾石突兀而出上立地高神舒意暢

東歸真

己丑秋月朱砺林
雪巖□書

乐　猴

深山野谷乐猿频，
晃荡飞腾自在身。
万古长空天地寓，
神舒意畅本归真。

——己丑秋牛姆林乐猴诗

　　在深山幽谷中，猿猴自在，乐意悠悠。在竹林中荡来荡去，矫健敏捷，看着好像是在林中飞翔。猿猴生于天地间，千万年来都自在地生活在丛林中。神情舒畅，质朴纯真，真乃生命的意义所在。

　　本诗是诗人在牛姆林山中观猴时所作。牛姆林山中多猿猴，其中一处景点为猴园。诗人在山中，每日都会晨起戏猴。本诗第一句写猿猴在山中的生活场景，深山幽谷，人迹罕至，自在非凡。第二句写猿猴嬉戏的场景，上下攀援，前后晃荡，腾空跳跃。第三句开始感慨，猿猴是千万年间生活在天地间的灵性之物，无论尘世如何变幻，只在山林中享受自己的安宁与惬意。第四句升华，猿猴的生活之道是最质朴的，一朝风月，万古长空。人也应当摒弃世俗烦恼，让自己心情舒畅，回归自然。

鸣玉远新屏沐光风霁月世

珍须浮云敝日春来去岁序心

闲瑞气敢

庚寅之春岁牛卧林

宗饶诗书

春 感

佛子迎新虎迹无，
光风霁月世珍须。
浮云蔽日春来去，
岁序心闲瑞气敷。

——庚寅春感

众生迎来新春，虎年来到。辞旧去恶，光风霁月，天气晴好，举世欢腾。浮云遮盖了阳光，春天来到，就将阴霾一扫而空。新年伊始，神清气爽，悠然享受人生，只见瑞气笼罩人间。

本诗是为迎接虎年而作。首句，佛子，佛称一切众生为佛子，佛子因此也指天下苍生。第二句，光风霁月，写出诗人的心情随着晴好的天气一起明媚起来。第三句，浮云蔽日，但总会因春天到来云开雾散。如同王安石在《登飞来峰》中"不畏浮云遮望眼，只缘身在最高层"的描写，也表现了一种大气和信心。最后一句，写出诗人闲适的生活状态，一年之计在于春，在岁首就能有如此舒畅的心情，可以预见一年都会瑞气呈祥。整首诗处处表现出诗人的乐观、豁达，对新年新生活的美好展望，又能驾驭自己的心情，享受人生。

小院清新笑語和如椽史筆果玄

何輕狂往事隨風去日三山昌

載歌舞

庚寅仲春牛田林宇鎮詩書

采 访

小院清新笑语和，
如椽史笔果云何？
轻狂往事随风去，
日日山翁载舞歌。

——庚寅仲春觉林诗

山院春来，漫山新绿，清芬扑鼻笑语和；如椽史笔，歌功颂德果云何。
廿载游历，轻狂提起值不得，平常往事随风去；倒空过去，梳理思绪，重新起
航好生活；日日山翁，游山耕读，载歌载舞过余生！

本诗写于2010年3月中旬在牛姆林，诗人接受央视网华人频道访谈时有感
而作。道出绚烂之后归于平淡的心声！

空若严风野寺
清生涯妙
情雲煙雲
藏壑
以径

庚寅冬月牛朗開
宗緣隨書

空　谷

空谷来风野寺留，
山川草木自风流。
生涯妙悟云烟梦，
感念心澄物外游。

——庚寅夏觉林偶感诗

　　山中游玩，有景曰空谷来风，旁有寺庙，便在此逗留。只见山川草木被风吹动，自然显出一种风流韵味。此间顿悟，人生一世，如烟如梦。非常感念自己内心非常澄净，能将凡事置之度外，遨游人间。

　　人生的感悟处处可得。本诗就是诗人在野外山寺中看到的景色而心生感念。首句点明背景，因为偶遇山风，林中徜徉。第二句，将山川草木都拟人化，可以想象，当风拂过草木，草木不畏山风，随之摇摆，远看如同山在起舞，手舞足蹈。只是山的风流，山的自在。第三句是诗人的感悟，既然万物可以这般和谐，那短暂的人生又为什么不能好好享受。甚至是在山风中起舞，也是人生中的乐趣啊。最后一句，诗人觉悟，应当心外无物，心无妄尘，这样游走在天地之间，才能轻松自在。

渺渺钓矶浮远浦，野桥直抵佳村。安居宜居是吾乡。好家风乐，红日照茅亭。

庚寅春月生卅涂

宇钧诗书

老　屋

澄心妙法白云端，
野老逍遥任所安。
土屋流行生意好，
流泉红日万年欢！

——庚寅暮春觉林精舍诗

　　白云深处，难得清静，谈经论佛，使人心神安然。老翁独自在野屋，逍遥自在，随遇而安。土屋虽陋，流行俯仰，宽舒生意，颐养万物。红日照耀，流泉淙淙，但愿眼前的景象能够万古长存！

　　本诗首句写到原心妙法，其实是援引佛教经典《妙法莲华经》，意为在白云悠悠之处，能够念经诵佛，平心静气，用佛家经典升华人生境界。第二句，写出诗人能够随遇而安，平和处世的人生姿态，无论在什么情境下，都能够逍遥一世。第三句转而写室雅何须大，甘于简朴，颐养天年。最后一句，诗人感慨，自己其实有隐居山林、潜心佛法的愿望，但是如果能够尽一己之力，给国家和百姓带来好处，也非常愿意倾其所有，造就一派繁荣昌盛之景。

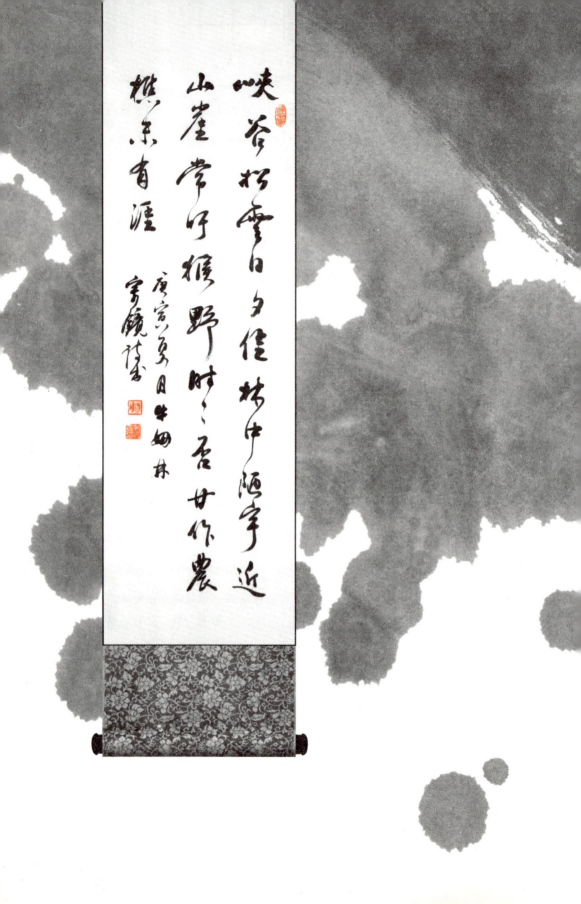

山 居

峡谷松云日夕佳，

林中陋宇近山崖。

常吁猴野时时否，

甘作农樵未有涯。

———庚寅夏觉林精舍诗

深山峡谷，云峰奇松，日夕四时景色佳；林中独屋，背负山崖面朝谷。野猴常顾，时时逆否毁菜园，无可奈何常嗟吁，然却无悔，甘作农樵，归期未涯长山居！

本诗写山居四周环境，景色幽佳，疏篱野趣，农耕自娱，然不时有野猴光顾，逆否顽皮毁菜园，诗人徒呼奈何，然却野趣顿生。如此写来，妙趣横生，怪不得诗人甘作农樵不思归！

落日西颓闪电光风在雨气稿如尘
山中新觉云如月淡墨空天又自凉

庚寅夏午姻林
宇镜诗书

夏 雨

炎日西倾闪电光，
风狂雨乱独如常。
山中静夜霓虹月，
泼墨穹天也自凉！

——庚寅夏觉林夏雨诗

炎炎夏日，夕阳西沉，天空电闪雷鸣。一瞬间暴风骤雨袭来，一派混乱
的景象，人却还像平日一样淡定。夜晚来临，暴雨初歇，一切恢复了安静，可
以看到月亮如霓虹一般，散发出月晕。雨后的天空如同一幅泼墨山水，简洁干
净。经过雨水洗礼，炎热稍退，凉意渐袭。

诗人在经历了山中傍晚时分的一场雷阵雨之后，有感而发，作此诗。首
先写到炙热的太阳即将落下的时候，忽然闪电划过天空，有了下雨的迹象。接
着写风雨大作，夏日的雨来得很急，但是在这番雷雨交加的混乱之中，诗人却
能保持淡然本色，岿然不动。第三句写雨停了，夜幕也降临了，顿时异常安静
起来，月如霓虹。第四句泼墨穹天写得很巧妙。被大雨清洗后的天空一尘不
染，只有明月和薄云相伴，如同泼墨山水画那般大气、豁然、简洁、明了，因
而将雨后的天空比喻成泼墨山水画，这是浪漫主义的想象。

好向寒雲莽際尋暗鎖清輝翠羽林
晴餉視去知歸欲世心現幻夢
人生莫賴瞳
　　庚寅晉肖半耕於
寧鎮漫書

好 汉

好汉携云舞蝶源，
情投翠竹暗销魂。
青山绿水无心现，
幻梦人生万籁喧。

——庚寅秋好汉坡吟诗

好汉坡高耸入云，蝴蝶在其周围翩翩起舞，和翠竹相得益彰，实在是一幅情投意合的美景。周围的青山绿水，自然呈现。人生如梦幻，万籁喧嚣。

牛姆林山中有山坡，名为好汉坡。之所以称之为好汉坡，因为其地势较高且比较险要。好汉坡串起周边几景点，蝴蝶泉、翠竹亭、情投意合树。本诗第一句交代好汉坡的外观，接入云端，蝴蝶翩然。第二句用拟人手法进一步描写好汉坡的美，翠竹遍野，与蝴蝶相映成趣。"销魂"一词用得巧妙，蝴蝶和翠竹都成了好汉坡最柔美的点缀，加之情投意合，怎能不销魂！第三句，青山绿水，自然心现，景因心现，心无景灭。最后一句引入对人生的思考，万籁俱寂，心外无法。

鑱月如鈎碧海云葉舟小小夢

滄溟煙波詩情不作以契為念自見安

常系以之緣

庚寅閏月牛姆林

寂鐵雄書

中　秋

皓月如期碧海天，
兰香入梦淡云烟。
诗情不作心无念，
自在安常万有缘！

——庚寅觉林中秋偶感诗

　　皓月当空，如期而至，碧海青天。四周幽兰盛开，花香阵阵，飘入梦中，梦里仿佛也升起了淡淡的云烟。此刻虽有诗情，却不作诗，心无杂念，静若止水。只要能够自在一世，安然一生，就拥有了所有的幸福。

　　诗人在中秋的夜晚，于牛姆林山中，作此诗。首句写中秋月色，"如期"二字用得巧妙，皓月被"如期"点化得有了生气，每逢中秋之夜，这轮明月都会如遇而至，从不缺席，这种"如期"，千年不改。第二句，伴着兰香入梦，这是何等的享受，所有的纷扰都被兰香取代，甚至连梦中都笼着淡淡的云烟，这可不就是仙境！第三句，承接前两句，夜凉如水，秋色宜人，连作诗似乎都不必，所有的心情用来挽留此刻的宁静。最后一句，将自己的感悟扩大到整个人生，自在安常，随心万有。

菡萏樹頭金篆香　參差瑞
氣籠方化人人笑拍稠妙風吹
可打有無中

庚寅秋月牛姆木
宗艇詩書

登 高

山围绿树白云蒙，
错落参差瑞气融。
大化人天何独妙，
风吹雨打有无中。

——庚寅秋觉林登高诗

　　群山起伏，绿树成荫，白云飘飘。登高望远，但见景色错落有致，瑞气交融。大化天地，造物之妙，无以伦比。风吹雨打，自自然然。

　　诗人在牛姆林登高望远，作此诗。首句写站在山巅，山色尽收眼底。"围"字用得巧妙，本来是山上长满树，树仿佛是山的衣衫，可是诗人却说是山围着树，脑海中立刻浮现出一圈层峦叠嶂的山峰，山顶、山腰、山谷中的绿树都好像是被这四周的山所包围，于是，山仿佛活了起来。第二句，承接上句所言，四周是山，中间是树，白云在山间穿梭，这是一幅立体的景象，高下不同，参差不齐，但是这样的构造也显出构图的巧妙。因为山中云雾缭绕，便显得瑞气融融。第三句赞叹这样的景色如此美妙，简直是独一无二的人间造化。最后一句，虚实结合，风吹雨打也关情，美景让人乐而忘忧，即使风雨来临，也似有似无，丝毫不会影响登高望远的舒畅的雅兴。

簾火炎炎室已東　清暉黯黯風鳴
蕭室庭空去　心芽滯夢重來
情深此一宵

庚寅之二月　朱剛林
宗頤詩書

篝　火

篝火冬寒已半消，
星光点点凤鸣箫。
空庭客去心无滞，
梦里平情亦一宵。

——庚寅冬觉林晚会诗

严冬客来，男男女女，觉林小院闹非凡；篝火熊熊，跳呀唱呀，寂寞冬寒已尽消。星光点点，佳人才子箫一曲，清越箫声空谷悠；夜深客散，空庭平复山亦静；酣然入睡，梦里如常心止水，是日已过又一宵。

诗人写严冬山中小院的一次篝火晚会的情景，欢乐无比，客散余欢应惆怅，然诗人笔锋一转，却写过而不留，平情酣睡如往常，这是何等境界啊！

半日閑眠竹兩边
清时有味百重泉
松雲影里峰巒画
芦荻天

己丑冬于姗林
宇銳詩書

闲 眠

半日闲眠竹雨边，
清时有味百重泉。
松云散去峰峦秀，
岭下南村共一天！

——庚寅冬觉林冬雨诗

　　细雨绵绵，在竹林边打盹儿，一晃半日就过去了。醒来听到，满山白练飞泉响，雨滴穿林打叶声。小雨初霁，松云散去，松林、山峰的轮廓逐渐清晰起来。抬眼望去，岭下南村，悠闲天共。这首诗是诗人在山中的院落里小睡，迷迷糊糊，半睡半醒，雨后初歇，有感而发。第一句交代写作背景，冬日午后，竹边细雨。第二句声色谐妙。第三句是转折，写雨停了，雨过山秀，山林现出本来的面貌。第四句是全诗的重点，也是精华，笔锋一转，开始写岭下南村。虽然诗人在自家院里闲眠，然而看到眼前的景致，借描写山下村民与自己共同经历风吹雨打，抒发了与世人休戚与共的情感，实在是一种不言而喻的默契。于是心生"共一天"的感慨。

虎康龍吟雲不才春歸玉兔句
继其神州日耀八百一佛硬見新
天橋秀挺

辛卯新春生四林
宇鍵誌書

春 感

虎啸龙吟有别才，
春归玉兔自徐来。
神州日耀人间好，
便见新天独秀槐！

——辛卯春感

　　虎啸龙吟，辞旧迎新，虎龙之间还有兔，别有一番情趣。春回大地，兔年到来。阳光洒满神州大地，人间一派祥和。此时见到一株槐树矗立于天地，一枝独秀，春意盎然！

　　本诗是诗人写于兔年新春，抒发了新年新气象的情怀。其中，"别才"暗含十二生肖之中的虎年和龙年之间的兔年。虎龙都是威风凛凛、英姿飒爽的形象，而兔的温婉娇羞，则另有一番风韵，因此用"别才"来展现兔不同于虎龙的特色。

雨乱云烟月影遥 浮山古寺啼猿
悲声处 佛归心如镜去似浮生
敢问谁

辛卯元宵生晦林
言铨诗书

元　宵

雨乱云烟月影迟，
深山老寺夜猿悲！
声声佛号心如镜，
长恨浮生欲问谁？

——辛卯元宵觉林有感诗

　　已是深夜，却是漫天浓云，淫雨霏霏，月亮迟迟不出来。山林深处，一座古老的寺庙周围，猿猴啼声阵阵，在宁静的深夜里，这啼叫声越发显得悲戚！佛号声声想起，在这样的情境下，人未眠，心如明镜一般。不由得心生感慨：人生一世，何去何来，到底应该向谁寻求答案呢？

　　这首诗写于元宵夜。元宵夜本该是家人团聚的时刻，但是诗人此时却独自在深山中体味悲凉。第一句从视觉来写，整个山中雨打风吹，尽管是元宵佳节，天公不作美，雾蒙满月，昏天暗地。第二句从听觉来写，山中猿猴，也通人性，因风雨交加，啼叫声声，恍若鸣月，划破夜的宁静。用猿猴的哀鸣衬托诗人此刻寂寥的心情。第三句诗人引入自己的理性思维，尽管是在如此悲寥的时刻，团圆佳节一人独处深山，但是心中有佛，便不觉得寂寞。最后一句诗人发出疑问，通过观察山中的种种景象，开始思考人生的价值。返照内心，心外无物。

一夜風雷打峭壁　瑞雪豐年

千里山河日暖披綺綉停雲

春色多嬌飲

辛卯初春鵬鶖牛年新春

雪鏡詩書

惊 蛰

一夜风云料峭寒，

新雷梦觉万民安！

山河日暖披绮绣，

随处春花应尽欢！

——辛卯惊蛰觉林有感诗

　　整整一夜，风声阵阵，浓云密布，尽管已是春天，却依旧阴冷。忽然被一阵春雷从梦中惊醒，便联想到天下苍生，能够安然祥和地生活，真是一件幸事啊！祖国的山河已逐渐回暖，万物复苏，春意盎然。在这样的季节里，遍地山花烂漫，应当尽情欣赏这一美景！

　　诗人作本诗于惊蛰。第一句写到春寒料峭，第二句写到春雷萌动，形象地描写了惊蛰这一节气的特点。由春雷惊醒梦中人，联想到春回大地，国泰民安，体现了诗人情系苍生的情怀。第三句由春寒料峭转而谈山河日暖，预示着惊蛰之后气温逐渐稳步回暖，料峭寒风的时节终于结束。最后一句写到此时已是鲜花处处盛开，应当及时享受眼前美景，尽情欢乐。本诗借景抒情，表达了诗人热爱生活、热爱百姓的情操。

百道飞泉洒夕阳，巍峨宫阙倚穹苍。神台峰下云常在，仙掌峰高月自光。

辛卯清明本坤林宇能诗书

清　明

古道春深夕照空，
祥光自处现神童。
峰高不觉西天远，
疑是寻思兜率宫。

——辛卯清明大宇岭有感

　　清明时节，沿着古道，一路向山林深处走去。暮色已晚，夕阳西下，在落日余晖中猛然看到远处出现一座山峰，俨然一副神童的模样。由于山峰高耸入云，反而不觉得西天遥远，仿佛近在咫尺。看着眼前这个貌似神童的山峰，使人想到莫非已经到了弥勒菩萨所住的兜率宫前？

　　本诗描述了诗人一次在牛姆林山中沿着一条被废弃的古道爬到一处山峰的所见所想。本诗前两句写实，主要写诗人在清明的傍晚，沿山中古道登高望远。峰回路转之间，忽然见到一座山峰，居然有神童朝天的模样。平时云雾缭绕，不见此峰。天气好的时候，才会云雾散开，神童凸显。本诗后两句是诗人的想象。"峰高不觉西天远"是本诗的点睛之笔。由于已经来到深山处，又见到"神童"，眼前景象很像是已经来到天宫。本诗通过虚实结合的描写手法，通过描写一座深山中的奇峰，转而抒发了自己将人间幻想成仙境的浪漫情怀。本诗与李白《夜宿山寺》在写作手法上相近，都是先写实后写虚，写景与想象相结合，借景抒情。

晓霽飛流夕郎明雲煙縷縷络緣

輕千聲氣影皆因石時雨时晴

似水情

辛卯夏钦源牛姆林

宁钦诗書

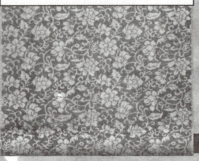

观 瀑

晓霁飞流分外明，
云烟缭绕俗缘轻。
千声万影皆因石，
时雨时晴似有情！

——辛卯夏牛姆林观瀑诗

　　清晨，小雨初歇，瀑布飞流而下，在晨曦中显得分外清澈。烟雨蒙蒙，云雾缭绕，景净俗轻。所有的声音和光影，都是因为山中有石。时而下雨，时而天晴，上天如此多变，似乎也是有情之人。

　　本诗是诗人在牛姆林山中观瀑布时所作。首句描写清晨雨后的瀑布比平时看起来更加干净、透明。这是因为雨水洗去了杂质，水流也显得清新。第二句澄澈云烟，身心轻安，放下俗缘。第三句写山石，为什么"千声万影皆因石"？小溪与瀑布流水潺潺，因为水遇到了石；山中光线或明或暗，因为光遇到了石；山风吹来，哗哗作响，因为风遇到了石。即使竹韵松涛，美如旋律，也是因为它们生长在山石之间，才得以与风相拥。最后一句是拟人的手法，无论晴还是雨，本来都是自然的自然现象，诗人却将之想象为是天的心情的表露。

日影閒雲費自然　孤峰矗矗似
要遊東溟縹緲西瀛淨道骨
仙風一脈流

辛卯夏月於冊林
宇鎮謹書

裸　奔

日影闲云意自悠，
孤身狭谷似婴游。
东溪缥缈西溪净，
道骨仙风一脉流。

——辛卯夏牛姆林裸奔诗

　　但看日影变幻，闲云悠悠，便觉怡然自得，十分惬意。孤身狭隘的山谷间，
似婴儿一样，一丝不挂、无拘无束地游玩。在云雾的遮掩下，溪水一半是缥缈
的，一半是清楚的，在这样的环境里畅游，想到人其实是也是矛盾的结合体啊。

　　这首诗是诗人受天地灵感激发，遂决定与天地同游之后而作。第一句是
铺垫，通过写景表现自然之美。第二句承接第一句，既然孤身一人身在如此美
景之中，不妨彻底放弃杂念，裸游，与自然亲密接触，忘我地享受。第三句写
游中所见，因为山中雾霭弥漫，溪水被笼罩其中，若隐若现，不能全观。最后
一句是诗人关于人性的思考，其实人的内心都是由光明和阴暗的思想充斥着，
亦道亦仙，其实也就是亦人亦鬼。人应该做的，就是时常修炼，控制欲望，才
能得到内心的安宁。

細雨霞光返玉津
返留自在幻
中真浮氣暖翠浮山合
長作畫
餘不染塵

辛卯春月牛山姉根
宇鏡詩書

天 体

细雨霞光逐玉津，
返婴自在幻中真。
浮岚暖翠溪山合，
长作天然不染尘。

　　细雨蒙蒙，霞光熠熠，夏日山中空气清新。看到此番美景，逐溪如婴儿一般，纯洁无瑕，自在遨游，亦幻亦真。但看山中雾气缥缈，层峦叠嶂，溪与山交融。真想永远留在山中，成为自然的一部分，无处染尘埃。

　　本诗描写了诗人"裸游"的经历。第一句描写山中的自然景观让人叹为观止，萌生了想与自然融为一体的愿望。第二句写到像婴儿嬉戏。质朴纯真，心无杂念。这个理念体现了诗人对人性的最深层的思考。人类社会和自然界似乎总是处于此消彼长的状态。能在山林中自由自在、无拘无束地来一次"裸游"，正是最彻底最纯粹的放松方式，也是人类洗去人性中的浮华与虚伪，真正亲近自然的最佳途径。第三句转而写诗人与小溪、山谷都成了自然的一部分，翻云覆雨，阴阳相济。最后一句写到诗人的愿望。如何才能不染尘？勿将尘世为身外物，将其视为与自己内在的东西，与之融为一体，也就无尘可染。

样肌修花野兴疏晴云当月赋
闲居山农笑采何成趣自足心诚
手亲锄

辛丑秋玉生仙林
宇饶陵书

夏 至

蝶乱吟花野兴疏，
晴云半日赋闲居。
山农笑我何成趣，
自此心诚手在锄。

——辛卯夏至觉林诗

蝴蝶乱舞，嗡嗡采花，诗人夏困，游山野兴意味疏。晴空万里，云朵飘飘，半日闲闲无所事。山农笑我，慵懒发呆不成趣。心中一颤，发心愿手日日锄。

这首诗作于夏至的牛姆林，诗人闲居，山农不经意笑说，言者无心，听者有意，羞愧难当！精进修行，难道不应如古大德：一日不作，一日不食。木食草衣，农禅双修。

書畫作品

霜氣凌風土家遠霞光浮荷
鋤歸林山色盧芳菲晚野去
心閒月照空扉　富慶詩書

小　暑

暑夏凉风不我违，
霞光一路荷锄归。
林山岂虑芳菲晚？
野老心闲月照扉。

——辛卯小暑觉林诗

　　暑夏炎威，凉风林下，解我心思不愿违；夕阳西下，遍野霞光，欢声一
路荷锄归。林山茂盛，绿翠荫荫，岂虑春花已晚去；野谷山居，心闲野老，哪
知微月照扉来！

　　这首诗作于小暑的牛姆林，诗人避暑耕读，劳尘一日，沐浴更衣，简餐
之余，小院乘凉，煮茗小啜，神清气爽，弯月照扉，景清心闲，快意悠然，正
如古偈所云：春有百花秋有月，夏有凉风冬有雪。若无闲事挂心头，便是人间
好时节。

問道溪山遠去行頻，更愛晚秋
今晴空野谷音清響，背雨斜陽
坐看雲

辛卯秋分 牛犇林
雪鏡詩書

秋 分

问道深山远世纷，
频频叶落欲秋分。
晴空野谷音清响，
背向斜阳坐看云。

——辛卯秋分觉林诗

　　问道深山，远离喧嚣，时已秋分，落叶频频意自闲；万里晴空，秋高气燥，遍山林竹，劈里啪啦响空谷，斜阳日暮，背向炫光，闲时坐看白云悠。
　　这首诗作于秋分牛姆林，诗人心静深山避纷扰，悠悠闲意奇思想，妙悟人生，尽享秋到空山之美景。落叶、斜阳、白云、蓝天，加之竹响，诗人眼耳尽清心如洗，如此净化，妙不可言！

竹韵松涛，禅意山高静夜敲

乱星云飞万里字明镜泪潸程

衫梦觉醒

辛卯暮秋次韵牛姆山
宇镜诗书

秋　月

竹韵松涛一抹青，
山翁静夜数飞星。
霜天万里宗明镜，
泪滴轻衫梦觉醒。

——辛卯暮秋次望觉林诗

山风拂过，便听得竹韵松涛如旋律一般优美，远远望去，山边呈现一抹青绿。山中老翁在安静的夜晚仰望苍天，看着流星一颗一颗飞过天际。其时深秋时节，天空万里无云，无尘无染，如明镜一般。不知梦到了什么，醒来已是泪湿了轻衫。

这首诗作于深秋的牛姆林，诗人在一个晴朗的夜晚，看到满天星辰，心旷神怡。第一句写夜幕降临之前，山中有竹韵松涛，也有一抹依稀可见的绿色。第二句写诗人独坐于山屋前的小院，抬头看满天繁星，万籁俱静，自己也在百无聊赖中数起了流星。第三句写虽然是晴空万里，但是已是深秋，还是有些霜降的寒意。第四句是梦境和现实的结合，思念入梦来，醒来又寻不着，不禁潸然。

远影白帆晴东照明珠浮海上瑶琴青世宝镂似生毫笔佳谊心言已馀灵重

辛卯季秋碧鸣隐汪蝴沉底

宝铭书

无　语

远影千帆晚未暝，
明珠海上数峰青。
无言胜似生花笔，
片语心间已性灵。

——辛卯晚秋觉林诗

　　黄昏未暝，远远望去，但看千帆过尽。海面在灯光的映衬下如同熠熠生辉的明珠，山峰也呈现出黛青色。此刻无声胜过生花妙笔。只要心有灵犀，片语只言，可解风情，何必需要太多言语！

　　这首诗写于山中。前两句是诗人的想象，遥想海边应当是灯火辉煌，山峰黛青，千帆远影。后两句写现在的心情，如果能遇到知己，那么言语纯属多余，即使能有妙笔生花，也比不上心有灵犀，相对无言。哪怕是只有一个眼神，也能意会。本诗充分表达了诗人对高山流水般的知音的向往之情。诗人渴求能有这样的知音，心意相通，能够轻松愉快地交流思想，这是精神的盛宴。

憶昨山歌村月明北风樹杪露珠

零鐘清幽静客行踪待到来

草木青

辛卯菁秋牛姆林

宇廉詩书

山 歌

忆昨山歌对月听，
秋风树老露珠零。
钟清夜静寻行迹，
待到来春草木青。

——辛卯暮秋觉林诗

　　犹记昨日，山歌回响，但是现在只能独自对月。秋风习习，老树凄凉，
露珠零落。在这安静的夜里，只听得钟声响彻。要想再寻找山歌的踪影，恐怕
要等到来年，草长莺飞的时候吧。

　　这首诗写了诗人的回忆。首句回忆了昔日听山歌的场景，但是现在只有
自己和月亮形影相吊。正所谓物是人非。第二句描写了秋风、老树、露珠，更
加映衬了此时一个人面对回忆却又远离回忆的无奈。最后两句表达了作者的豁
达，既然不能在当下重温过去的快乐，那就享受当下，等到来年春天，再去体
味山歌吧。

淡月疏山一卷书 伊人去远雯空阔

窗萦幽情却觉心如镜 不再逐乘

家室风

辛卯暮秋月映牛湖林

宇镜书

冷 月

冷月深山一老翁，
伊人远处意何穷？
无情却是心如镜，
不再遥乘万里风。

——辛卯暮秋觉林月夜诗

    已值深秋，山中微冷，月色微凉。一老翁独自在山上居住。心中在想一位远处的女子，不知道她的心思到底是怎样的呢？不管女子是有情还是无情，老翁心如明镜。决定抛开杂念，享受当下，不再寄希望于借风传情。

    本诗描写了一位在山中隐居的老者，借对一位远方的女子的思念，来表达心中理想追求的想法。前两句描写老者孤身一人在寒秋中揣测远方的女子的心意。第三句转折，表现了老者心情的转变：既然无法决定别人的思想，还是自己心中沉淀下来吧！第四句，整个思念尘埃落定，不再强求。本诗表达的主题是借思念寄托理想，体现了诗人"以我转物，逍遥自在；以物役我，缠缚便生"的随缘的观念。有理想应当是一种幸福，只是属于自己。只要自己付出真情，有情或者无情，不应勉强，也不必强求。正如古语云：只求耕耘，不问收获！

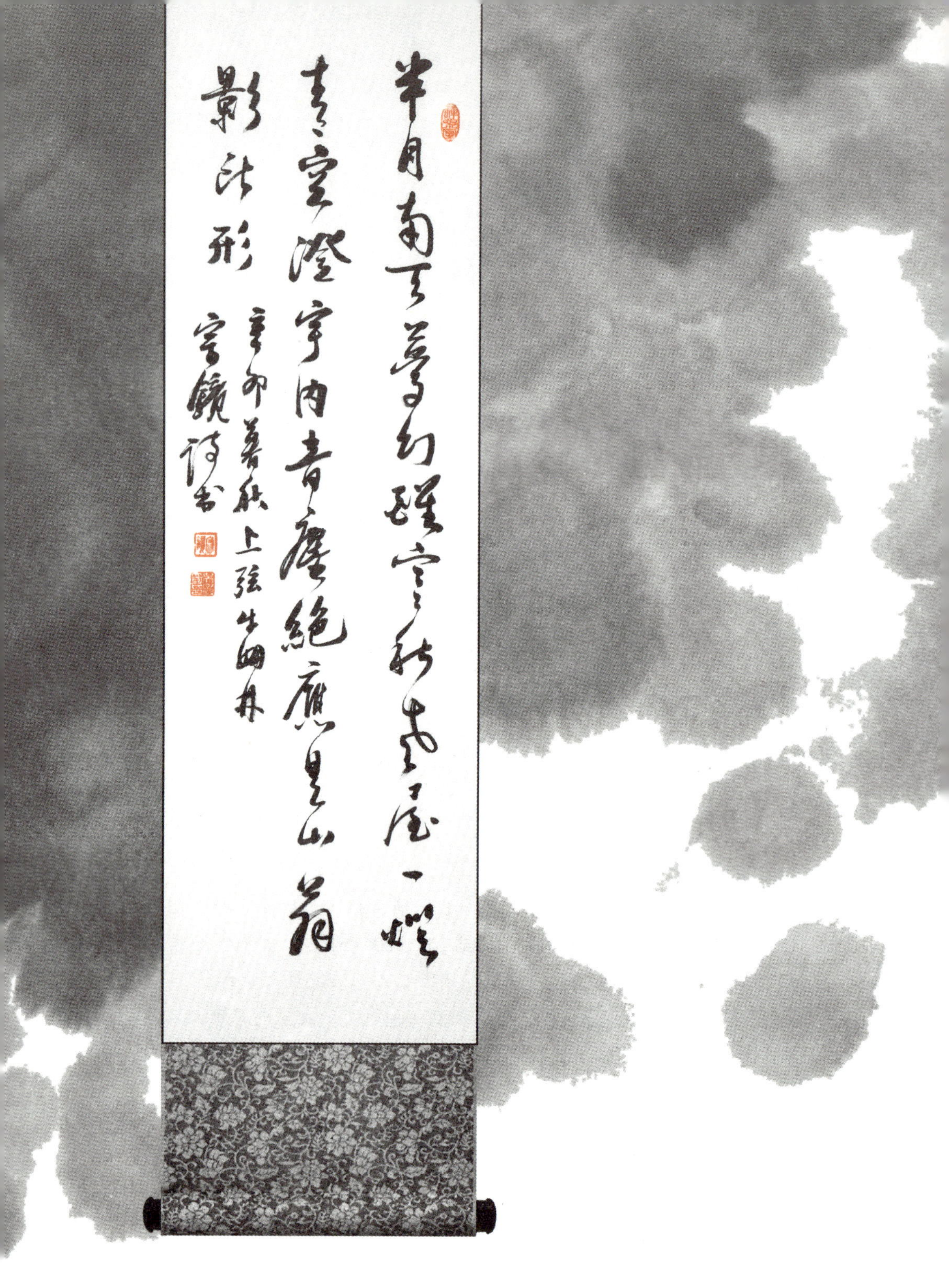

半　月

半月南天梦幻醒，
寒秋老屋一灯青。
空澄宇内音尘绝，
应是山翁影所形。

　　　　　——辛卯十月上弦觉林诗

　　半轮明月悬挂在南天之上，从梦中醒来，好像见到了幻景。寒秋中，独自居住在山中老屋，只有一盏青灯为伴。天地之间非常安静，宇宙之中音尘全无。此时山翁应当会如影随形地追随这份宁静，并甘于这份孤寂。

　　这首诗表达了诗人独自一人夜晚醒来的感悟。首句写"半月南天"，诗人觉得夜晚的山林有此月相照，如梦如幻。第二句写实，独居老屋，寒秋飒飒，一盏青灯也就成了唯一的伴侣。这句有了点悲凉的意味。常伴青灯通常指脱离尘俗，皈依佛门。第三句进一步描写心中澄清的境界，整个宇宙都音尘隔绝。这是诗人自己能够忍受寂寞，甚至享受独处的能力。最后一句，如果真有这样音尘绝的世界，那么诗人也愿意在这样的地方修行。从这首诗可以看出，诗人有着超凡的忍受孤独的能力，并且不以为苦。忍受孤独才能成就大业，所谓智者多孤独，也正是这个意思。

層巒雪壺列嶂空
層巒聲峙
似波延雲光佛古行人斷但念
風去義澄仙
辛卯秋月朱田林

雲鎮□書

云 台

翠岭云台别洞天，
层峦叠嶂似波延。
灵光佛古行人断，
但念松风不羡仙。

——辛卯暮秋后林岭诗

　　翠绿的山岭上白云悠悠，意境优美，别有洞天。只见四周峰峦叠嶂，好像是绵延波涛一般。在这人迹罕至的地方，忽然灵光一闪，一尊古佛屹立于地。听松涛阵阵，身临其境，连神仙都不羡慕。

　　诗人在牛姆林山中隐居时，曾发现在一处荒草丛生的地方，竟然有一尊古佛。有佛像的地方想必曾经是车水马龙的繁华之地。但是今天也如此萧条。前两句写景色，将起伏的山峰比喻成掀起的波涛，让人想起波涛汹涌的大海。后两句写古佛在此静谧之处，不受侵扰，难得清净，胜似神仙。通篇通过描写景色，抒发诗人想在此修行的向往之情。

霁雨初晴日，新秋风气凉。疏沙明鸥鸟，弄舟春塘闲。桥荫笼茅舍，水云乡。

辛卯小阳春于珊林
宇钟诗书

霁　雨

霁雨天青日影斜，
风清岭树似笼纱。
泉声鸟弄春情闹，
橘色篱花未足夸。

——辛卯冬觉林橘香诗

十月小阳春，雨后初晴，乌云散去，天色转青，太阳也逐渐西沉。清风徐来，吹动山岭上的树木，薄雾似轻纱一般笼罩山头。泉水潺潺，鸟鸣声声，似有春意，遍野橘林，硕果满树，橘色黄橙，再无意间，疏篱梅枝，一抹艳红，顿显生机。什么样的溢美之辞都不足以称赞它的美。

　　本诗描绘了一幅初冬如春的画面。首句写傍晚时分，雨过天晴。用一个"青"字表明此刻虽已晴，但是日暮将至，天呈青色，而不是蔚蓝。第二句，写到晚风阵阵吹来，而薄雾尚未完全散去，像纱一般轻轻笼罩下来。第三句的描写突出了春的气息，"弄"和"闹"两个字非常巧妙、灵动。鸟儿鸣涧，仿佛弄醒了春天；春情闹，一个"闹"字，热情的春的气息扑面而来，境界全出。最后一句，梅开篱笆上，而且是温暖的红花，这更加增添了小阳春的情趣。"未足夸"，说明诗人对篱笆上的朴素的小花的喜爱。篱与花的结合，本身就是一种带着郊野情怀的美，如同"采菊东篱下"一般悠然。

旭日春風紫燕還 山歡水笑換新

顏龍行大地和為貴鳳舞長空

意自閒 辛卯浲夏 壬辰春歲

宗鎮詩書

春 感

旭日春风紫燕还，

山欢水笑换新颜。

龙行大地和为贵，

凤舞长空意自闲。

——辛卯除夕壬辰春感

　　辞旧迎新，旭日生光，春风化雨，紫燕报春来。山水欢笑，人心振奋，处处换新颜。龙行大地，政通人和，凤舞长空，风清气顺。人人闲意悠悠，幸福祥和！

　　本诗写于兔走龙行之际，表达诗人对新一年的愿景：世界应如飞鸟倦还，回归理性，和平发展，四海一家尽和谐；中国人人安居乐业，处处绿水青山，八方正气现安详！表达诗人对新一年时和人和的寄望！

日麗風和花樹笑林泉多錦月
清江玉開仁宇鴻基立瑞相甘
霖威遠邦

庚辰夏布連佩斯
宇鏡詩書

奠 基

日丽风和花树笑，
林泉多瑙月清江。
天开化宇鸿基立，
瑞相甘霖威远邦。

——庚辰孟夏亚洲中心工地

　　风和日丽的时节，花与树相映成趣，仿佛都在笑。林泉淙淙，多瑙河上月映清江。亚洲中心的奠基，一座宏伟的建筑即将屹立于天地之间。在这瑞气呈祥的时刻，亚洲中心如同甘霖一般，使中外互通有无，这项丰功伟业威震远邦。

　　这首诗写于亚洲中心奠基之日。首句描写了奠基日的天气，风和日丽。又用"笑"字表现出花与树的活力，其实也是在映衬诗人的喜悦心情。第二句写夜色，也是月明如水，江水清澈。第三句写亚洲中心奠基下宏伟的事业，相当于"开辟鸿蒙"，其实是为了说明这项事业的具有高瞻远瞩的前瞻性。最后一句，奠基晴好，是夜皓月，翌晨时雨，吉兆伟业。诗人能够预见到，一旦亚洲中心投入使用，能够给许多国家，尤其是万里之遥的祖国，带来巨大的效益，而这座建筑也将因此声名鹊起。

一葉扁舟綠野涼清風明月百
花叢遠浮弘航一去晚弘鷺
濤の夢鄉
庚辰夏揮及玉峰
宗鏡詩書

古 港

一叶扁舟绿野凉，
清风明月百花香。
远洋弘舸天光晚，
烈日惊涛入梦乡。

——庚辰夏夜埃及古港

　　一叶扁舟漂于海上，绿野之间，颇有凉意。清风徐来，皓月当空，处处散发着百花的香气。天色已晚，远航的舰船依旧在海上行驶。渐入梦乡，梦到烈日当头，惊涛骇浪。

　　这首诗是诗人夜游埃及古港时所作。首句写乘一叶扁舟在海上游览，虽是夏夜，但是吹拂着海风，还是有些微凉。第二句写在清风明月之中，处处弥漫花香，让人沉醉其中。第三句写虽然天色已晚，但是还是有远洋的轮船，还是有着自己的方向，坚定地在海上航行。最后一句，写自己的梦境，看到埃及古港有着壮丽的景观，自己的梦中也梦到了骄阳似火、惊涛拍案的场景。整首诗将埃及的夏夜描写得非常美妙，也将港口的壮观刻画得淋漓尽致。本诗通过一叶扁舟轻松自由，与远洋弘舸惊涛壮丽的比较，表达出人之不同活法，皆为美！

雲屏繚繞奮遑飛合璧珠縈
擇玉微云撼山環宝象巍無心旅
夢故人歸

庚辰夏東坡列
寄鏡詩草

授　衔

灵犀缘叶奋双飞，
合璧殊荣授玉徽。
水抱山环空万籁，
无心旅梦故人归。

——庚辰仲夏奥地利授衔

　　受到树叶的启发，忽然灵光一闪，亚洲中心的外形被设计成树叶的形状，仿佛在振翅高飞。这项中西合璧的设计给自己带来了殊荣，得到奥地利授予的玉徽。美丽的维也纳在山水包围之中，此刻好像所有的声音都消失了。但是阔别故土已经很久了，无心再继续旅途，只想尽快回到祖国的怀抱。

　　亚洲中心这一项目得到奥地利高度肯定，因此特意为诗人——也就是该项目的策划人授衔以资鼓励。诗人在得到该授衔时，为了抒发自己的心情，而作此诗。首句中写到"叶"，因为亚洲中心的外观设计最终确定为树叶的形状，正是根据诗人的意见所确定的。树叶带给诗人灵感，因此写到"灵犀缘叶"。第二句，"合璧"暗含中西合璧之意，因为落成在欧洲的亚洲中心，中西合璧，是西方技术的充实，东方思想的延伸。也是东方文化与西方文化交融的一次契机。这项设计给东西方都带来巨大的好处，不仅有利于经济交流，更深层次的意义在于文化传播。第三句写到诗人此时的心情，在山水的环绕之中，为这一事业得到肯定而激动，万籁皆空。最后一句表现了诗人希望回归祖国的意愿。亚洲中心建设的完成使诗人得到了西方社会的肯定，虽然欧洲非常希望诗人能够留下来继续创造更加辉煌的成果，但是诗人旅居国外多年，心系故土，热忱依旧，只盼早日能够回国效劳。

揮地高坑绿菜鲜
色巧匠趣林
園建成挖有年
蓝商廣嫁星际
洲武陵源

辛巳夏五洲中心基地
宇能诗書

拔 地

拔地天坑绿叶魂，
遥看巧匠趣林园。
建成揽月华商厦，
疑是欧洲武陵源。

——辛巳夏亚洲中心工地

这首诗是诗人在布达佩斯参观亚洲中心建设工地时的感慨。诗人用"拔地"、"天坑"、"揽月"等词汇来形容建设场面的恢弘。"绿叶魂"，是指亚洲中心的轮廓如同一片绿叶。"武陵源"，用中国古典文学中的桃花源来比拟异国他乡的亚洲中心，是中西合璧的典型范例。整首诗不仅传达出诗人的豪情壮志，也表现出诗人的爱国热忱。

冰地泉琴雪上松空徹曉月旭陽
逢峭煙裹之和鶴犬羊羽羣無心
何福鐘

辛巳冬之晨白玉川
窅鏡隆書

古　堡

冰地泉琴雪上松，
寒微晓月旭阳逢。
炊烟袅袅和鸡犬，
万里无心何独钟。

——辛巳冬晨匈牙利古堡

　　冬天的清晨，古堡外结满冰雪，松树屹立在雪地上，忽然听到地下温泉中的泉水流淌，声如琴音。朝阳已经升起，月亮还未完全落下，日月相逢在微寒里。四周炊烟袅袅，夹杂着鸡鸣犬吠。不知为何偏偏醉心于这座古堡，万里之外的其他景色都无心观赏。

　　本诗描写了冬日清晨的匈牙利赛德格古堡。首句所写的冰地、雪松，完全是一个属于冬日的冰雪童话，一个令人向往的银装素裹的世界，而古堡，就像童话里的城堡一样梦幻。第二句写到微寒，清晨看到日月同辉的景象，天气晴朗，心情愉悦。第三句写到炊烟袅袅，古堡周围也弥漫着如此浓厚的生活气息。鸡鸣犬吠也充斥其间，一幅活生生的生活画卷就此勾勒而成。最后一句写到诗人对此的情有独钟，说明古堡是一个神秘而有无限魅力的建筑，充满玄幻。整首诗描绘了匈牙利古堡在冬日的外国人眼里是如此的别样风情，值得一游。

南岳山青傾國花，

人新化輝異地留佳影，

河山秀麗，

待到何時是人家

壬午夏月白石句

宗錫詩書

少　女

布岳山青倾国花，
多河水秀丽人斜。
他乡异地留佳影，
待到何时是一家。

——壬午夏匈牙利少女

布达佩斯的山，绿树成荫，郁郁葱葱，忽见一美人，如花容颜，倾城倾国。多瑙河的水，旖旎秀丽，河畔伊人，依水而立。在异国他乡见到如此佳人，不禁上前与之合影留念。只叹国界不同，交流不畅，不知道何时天下才能大同。

本诗是诗人在布达佩斯见到一位美丽动人的匈牙利少女时所作。爱美之心人皆有之，少女的青春靓丽自然也是一道不可或缺的风景线。异域风情的美少女自然引得诗人诗性顿起。首句，布岳，指布达佩斯的山岳。倾国女子，用花来喻。第二句，多河，指多瑙河。有伊人在河边，倚栏而立。一个"斜"字，既写出伊人的柔弱，又写出伊人的婀娜，惹人万般爱怜。前两句已把少女的美刻画得如此淋漓尽致，第三句诗人用行动进一步印证了少女的美：在异国他乡与这位少女合影，永远留住这份关于美的回忆。最后一句，诗人希望能够挽留世间所有美好的事物，希望美的东西都能跨越国界，实现天下一家的愿望。这样的世界才会更加美好。

天邊隱約見飛龍
孤樹輕煙候曉日
形車上高經畫風吹
地証鴻宿雲
玉雲之逢

壬午暴亞洲中心之民
宗頤詩書

工　地

天边隐约见飞龙，
绿树轻烟晓日彤。
车马繁华风水地，
征鸿宿处白云逢。

——壬午夏亚洲中心工地

空中流云朵朵，隐约见到有飞龙。雾霭轻轻地笼罩绿树枝头，甚至遮不住清晨的红日。在这样车水马龙的繁华地段进行建设，塔吊林立，犹似飞鸿，白云悠悠，十分壮观。

这首诗是亚洲中心在施工期间，诗人到工地参观时所作。诗人同时也是一位设计师，作为该项目的主要策划人，在亚洲中心施工时到现场参观，感慨颇深，遂作此诗。首句写在天边隐约，远山飞舞。诗人将其看成是飞龙，也暗含着亚洲中心的建设如同飞龙一般，影响巨大，最终会一飞冲天。从第二句的描写可以看出，施工正在紧张有序地进行，一大清早就开工了。而且周围的景色怡人，在这样的环境下进行建设，本身就是一件让人开心的事情吧。第三句写到工地上繁华忙碌的场景，预示着整个项目有着非常广阔而光明的前景。最后一句中，征鸿，意为"远飞的大雁"，诗人用"征鸿"隐喻自己，寄寓自己的情怀。亚洲中心获得了巨大的成功，诗人自己作为远飞的大雁，为远方的祖国作出了应有的贡献。此刻可以暂时停下来，回味自己的经历，也是悠然的享受。

绿杨携手事同行，但此遥看雾杳茫，流到江南溪水荡，而秋雪似余香。神来妙处之情。

癸未夏日于榴江畔

宁镜诗书

双 桥

绿白桥间车马行，
低闻远处水流声。
天河不滞千秋雪，
化象神来妙有情。

——癸未初夏匈牙利多瑙河畔

绿桥和白桥之上，车水马龙，川流不息。忽然听到远处的溪流声。多瑙河如同天河一般美丽，奔腾不息，千秋不止。这意境如神所化，妙趣横生，情意绵绵。

这首诗是诗人在布达佩斯的多瑙河畔游走时所作。第一句写多瑙河上的桥，有两座，名为绿桥和白桥，两桥之间，车水马龙，表明布达佩斯这座城市生机盎然，繁华有序。第二句描写远处的溪流声，其实是动中求静，在这样的喧嚣之下，还能有溪水穿城，真是难得的一处安静的景致。但是溪水潺潺，声若游丝，很容易被车马声掩盖，所以要神情专注，侧耳聆听。第三句写到多瑙河的壮观，如同天河。天河常指银河，此处为体现多瑙河的神奇与美丽，也将其比喻为天河。那多瑙河从不会为谁停滞湍流的步伐，千秋万代，一如既往。最后一句是浪漫主义的想象，将多瑙河想象成天神的化身，只怕是只有神来之笔才能塑造如此娟秀而灵动的多瑙河吧。布达佩斯也因为有这颗明珠而更为璀璨。

市遶森々思故侨
绵游悠然一望迢
搖日日熙

孤烟静寂寥
風烟澈此神山

甲申夏五月松厓畔
宇鉉詩书

塑　像

布达森森思故楼，
孤魂静寂梦乡游。
悠悠多瑙风流激，
地动山摇日日愁。

——甲申秋布达佩斯多瑙河畔

　　多瑙河畔，高楼林立，皇宫巍峨，红叶森森。塑像孤魂，独自静寂，常在梦中神游故土。多瑙河畔风流激荡，情谊悠悠。回想茜茜公主的一生，旅居数国，惊天动地，如今自己也同样在国外，却还要因为思乡日日发愁。

　　这首诗是诗人旅居匈牙利，参观茜茜公主雕像时所作，咏物言志。第一句描写布达佩斯多瑙河畔景象。第二句表达了"独在异乡为异客"的寂寥之情，只有在梦中才能回到魂牵梦萦的祖国的游子之情。第三句转写多瑙河畔的风情和历史，茜茜公主是奥地利皇后兼匈牙利王后，一生多风流。第四句写今非昔比，曾经辉煌的历史都已被尘埃埋葬。同时也传达了诗人以史为鉴、心系故土的情愫。

隆峰信足風雅咏　雲彩雰花迅
遼闊無限風光妝　於景雲觀迴
入眼心来

庚辰夏慶山
宗能詩書

险　峰

险峰伫立风龙啸，
云影苍茫迅逸开。
无限风光身外景，
灵观返入本心来。

——乙酉夏庐山

　　伫立险峰，山风萧萧，如同龙啸。浮云漂浮山中，一派苍茫之景，一会儿如影随形，一会儿又悄然散开。庐山的风光无限好，但都是身外之景。灵魂所能安放之处，最终还是在自己的内心。

　　这首诗是诗人在庐山时所作。庐山自古以雄、奇、险、秀闻名于世。本诗第一句通过险峰伫立和风如龙啸表现庐山的险和雄，第二句通过云影苍茫和迅速散逸表现庐山的秀和奇。第三句写到虽然有无限风光值得一看，但是这些都是置身事外的东西。美景应当净化灵魂，但是灵魂最终是要回归自己的本心中来。

绵绵峰林晓月红 长空璀璨玉虬

飞凤神功 鬼斧何须巧夺工

乙酉黄山归后漫兴若

赏心寂灭中

宝锟诗书

峡　谷

绝胜峰林晓日红，
长吟壁壑屹西风。
神功鬼斧何穷已？
万象常心寂灭中。

——乙酉清明黄山西海峡谷

在山峰的林间里看红色的朝阳，真是一种绝妙的享受。山上壁立千仞，任西风摧残，依旧巍峨挺立。大自然的鬼斧神工也难以造就如此美景啊。万物和生，平常心现！

这首诗是诗人观赏黄山西海峡谷时所作。第一句写黄山之美，山峰，树林，清晨，红日，一幅绝美的画卷。第二句写黄山之壮，山崖，沟壑，西风，长吟，一幅壮丽的画卷。第三句感慨，黄山不仅美得秀丽，还美得雄壮，大自然如此雕刻黄山，实在是鬼斧神工之作。进而诗人返想到峰林之壮美，原来是圆厚之山，历经千百年风雨，侵蚀而成，心生悲悯，喊出"何穷已"之天问。第四句，进而发出人类应在平常心中与自然万物和谐共生之呼声。

瀛島仙峰鏡裏花，石下雲多

陽斜椰蕉眼前無名空放下

几心入玄寂

丙秋于菲律濱天湖

宇鏡詩書

天　湖

海岛仙峰镜影花，

水天一色夕阳斜。

椰蕉夜雨无名客，

放下凡心入本家。

——丙戌夏菲律宾天湖

　　放眼望去，海岛浮出海面，山峰矗立如仙，湖面就像一个巨大的镜子，映出花在水中的倒影。夕阳就快落下，水在天的映衬下呈现一样的颜色。椰风蕉雨，颇具风情，但天涯游子却只是一位无名的客人。应当放下凡心，收敛性情，回归自己的国家。

　　这首诗是诗人在菲律宾的天湖游玩时所作。首句写湖边的景色，菲律宾是由西太平洋的菲律宾群岛（7107个岛屿）所组成的国家，因此当站在天湖边，举目远眺，目所能及之处处处是海岛。山峰形态优美，貌似仙峰。湖面平静，周围鲜花的倒影在水中清晰可见。第二句写水天相接，天色渐晚。第三句写菲律宾的本土特产椰子和香蕉，声名远扬，最具本地风情。相比之下，诗人作为旅人，虽在异乡感受美景，但是终归缺乏归属感，只是无名游客罢了。第四句进一步描写心情，看到异域风光，难免思乡情切，真希望自己能够放下尘世纷扰，能够回到祖国，为家乡效力。

觉林集

● 后记

本诗集，自我的，心灵的。于今物化社会，非主流。

觉林集，收录2007年至2011年，于牛姆林所诗56首，附录选收2000年至2006年诗12首。

结集缘由：廿载耕耘，数国游历，尤在欧洲十年，感触颇深：一、在现代化，即技术化和物化的西方社会，人们心灵深处，仍对古老东方智慧，是崇尚的！如天人合一思想，以及中国古典诗、书、画等所散发出的智慧，无不仰止！二、西方文化战略，西方世界往往会对追慕西方的文化，予以较高评价，此目的无外乎为了同化中国新生代，以期引领现代文化，旨在全球化的经济大潮中，占领高地，获得利益！

基于上述理由，我毅然放弃在东西文化交流中业已取得的成绩，回国潜修传统文化。为此，选择家乡泉州一深山——永春牛姆林。在牛姆林，我整修已废弃的上世纪50年代，原生态森林保护区护林工所盖的土坯工房，作为栖息地。并把此土屋名为觉林精舍。

觉林者，一来纪念恩师常觉上人，二来作为梳理思想、静养、践行心灵化生活的居所。于牛姆林近五年来，布衣终生乐，粗茶一世康，即是山居生活的写照。本诗集也正是撷录这种简淡生活及游山耕读的一些感悟片段！

诗化的生活，于今浮躁、近利、物化的社会，虽非主流，然却能寻回自我，不失是一好活法。透过自己的实践，想告诉人们的是：物化生活之外，还有心灵化的生活！

本诗集出版，首先感谢作家出版社，出版于今不是主流的原创古诗，此举甚为可贵！其次感谢朱一青为诗集作解。

言不尽意，谨为记！

宗镜
2012年2月于福建泉州

图书在版编目（CIP）数据

觉林集/吴泓奇著. –北京：作家出版社，2012.6
 ISBN 978 – 7 – 5063 – 6426 – 3

 Ⅰ.①觉… Ⅱ.①吴… Ⅲ.①诗集 – 中国 – 当代 Ⅳ.①I227

中国版本图书馆 CIP 数据核字（2012）第 096808 号

觉 林 集

作   者：吴泓奇
责任编辑：王 征 张玉太
装帧设计：亚伦艺术工作室
出版发行：作家出版社
社址：北京农展馆南里 10 号   邮编：100125
电话传真：86 – 10 – 65930756（出版发行部）
        86 – 10 – 65004079（总编室）
        86 – 10 – 65015116（邮购部）
E – mail：zuojia@ zuojia. net. cn
http：//www. haozuojia. com（作家在线）
印刷：三河市华业印装厂
成品尺寸：170 × 240
字数：150 千
印张：9.5
版次：2012 年 6 月第 1 版
印次：2012 年 6 月第 1 次印刷
ISBN 978 – 7 – 5063 – 6426 – 3
定价：32.00 元